只生欢喜

梁实秋 著

中国出版集团 现代出版社

Contents 目录

往事随风忆

「疲马恋旧秣，羁禽思故栖」
003

记得当时年纪小
012

清华八年
021

北平的冬天
055

北平年景
059

正月十二
063

过年
067

北平的街道
070

猫的故事
074

唐人自何处来
078

似是故人来

想我的母亲
083

我的一位国文老师
087

辜鸿铭先生逸事
092

胡适先生二三事
094

闻一多在珂泉
102

忆老舍
112

忆周作人先生
117

陪伴最长情

一只野猫 127

小花 130

白猫王子五岁 133

白猫王子六岁 137

白猫王子七岁 140

白猫王子八岁 143

白猫王子九岁 147

黑猫公主 150

千里寄佳音

写给林海音女士的信 157

写给陈秀英女士的信 161

写给聂华苓女士的信 168

写给小民女士的信 173

写给林芝女士的信 175

写给孙伏园先生的信 178

写给舒新城先生的信 179

写给余光中先生的信 182

写给陈祖文先生的信　184

写给吴奚真先生的信　188

写给蔡文甫先生的信　190

写给梁锡华先生的信　192

写给沈苇窗先生的信　195

写给夏菁先生的信　196

写给罗青先生的信　198

写给陶龙渊先生的信　200

关于徐志摩的一封信　201

旧笺拾零　204

万卷读不尽

读书苦？读书乐？　215

影响我的几本书　224

漫谈读书　238

好书谈　241

学问与趣味　244

日记　247

作文的三个阶段　251

听戏、看戏、读戏　254

散文的朗诵　258

往事随风忆

"疲马恋旧秣，羁禽思故栖"

"疲马恋旧秣，羁禽思故栖"是孟郊的句子，人与疲马羁禽无异，高飞远走，疲于津梁，不免怀念自己的旧家园。

我的老家在北平，是距今一百多年前由我祖父所置的一所房子。坐落在东城相当热闹的地区，出胡同东口往北是东四牌楼，出胡同西口是南小街子。东四牌楼是四条大街的交叉口，所以商店林立，市容要比西城的西四牌楼繁盛得多。牌楼根儿底下靠右边有一家干果子铺，是我家投资开设的，领东的掌柜姓任，山西人，父亲常在晚间带着我们几个孩子溜达着到那里小憩，掌柜的经常飨我们以汽水，用玻璃球做塞子的那种小瓶汽水，仰着脖子对着瓶口汨汨而饮之，还有从蜜饯缸里抓出来的蜜饯桃脯的一条条的皮子，当时我认为那是一大享受。南小街子可是又脏又臭又泥泞的一条路，我小时候每天必须走一段南小街去上学，时常在羊肉床子看宰羊，在切面铺买"干蹦儿"或糖火烧吃。胡同东口外斜对面就是灯市口，是较宽敞的一条街，在那里有当时唯一可以买到英文教科书《汉英初阶》及墨水钢笔的汉英图书馆，以后又添了一家郭纪云，路南还有一家小有名气的专卖卤虾小菜、臭豆腐的店。往南走约十五分钟进金鱼胡同便是东安市场了。

我的家是一所不大不小的房子。地基比街道高得多，门前有四层石台阶，情形很突出，人称"高台阶"。原来门前还有左右分列的上马石凳，因妨碍交通而拆除了。门不大，黑漆红心，浮刻黑字"忠厚传家久，诗书继世长"，门框旁边的木牌刻着"积善堂梁"四个字，那时人家常有堂号，如三槐堂王、百忍堂张等，积善堂梁出自何典我不知道。积善之家必有余庆，语见《易经》，总是勉人为善的好话，作为我们的堂号亦颇不恶。打开大门，里面是一间门洞，左右分列两条懒凳，从前大门在白昼是永远敞着的，谁都可以进来歇歇脚。在一九一一年兵变之后才把大门关上，进了大门迎面是两块金砖镂刻的"戩穀"两个大字，戩穀一语出自诗经"俾尔戩穀"，戩是福，穀是禄，取其吉祥之义。前面放着一大缸水葱（正名为莞，音冠），除了水冷成冰的时候总是绿油油的，长得非常旺盛。

向左转进四扇屏门便是前院，坐北朝南有三间正房，中间一间辟为过厅，左右两间一为书房一为佛堂。辛亥革命前两年，我的祖父去世，佛堂取消，因为我父亲一向不喜求神拜佛，所以这间房子成了我的卧室，那间书房属于我的父亲，他整日在里面摩挲他的那些有关金石小学的书籍。前院的南边是临街的一排房，作为佣人的居室。前院的西边又是四扇屏门，里面是西跨院，两间北房由塾师居住，两间南房堆置书籍，后来改成了我的书房，小跨院种了四棵紫丁香，高逾墙外，春暖花开时满院芬芳。

走进过厅，出去又是一个院子，迎面是一个垂花门，门旁有四大盆石榴树，花开似火，结实大而且多，院里又有几棵梨树，后来砍伐改种四棵西府海棠，院子东头是厨房，绕过去一个月亮门通往东院，有一棵高庄柿子树，一棵黑枣树，年年收获累累，此外还有紫荆、榆叶梅等，我记得这个东院主要用途是摇煤球，年年秋后就要张罗摇煤球。要敷一冬天的使用，煤黑子把煤渣与黄土和在一起，加水和成稀泥，平铺在地面，用铲子剁成小方粒，放在大簸箩里像滚元宵似的滚成圆球，然后摊在地上晒，这份手艺真不简单，我儿时常在一旁参观，十分欣赏，如遇雨天，还要急速动员抢救，否则化为一汪黑水全被冲走了。在那厨房里我是不受欢迎的，厨师们嫌我碍手碍脚，拉面的时候总是塞给我一团面教我走得远远的，我就玩那一团面，直玩到那团面像是一颗煤球为止。

进了垂花门便是内院，院当中是一个大鱼缸，一度养着金鱼，缸中还矗立着一座小型假山，山上有桥梁房舍之类，后来不知怎么水涸了，假山也不见了，干脆作为堆置煤灰煤渣之处，一个鱼缸也有它的沧桑！东西厢房到夏天晒得厉害，虽有前廊也无济于事，幸有三块宽幅一丈以上的帐篷每天及时支起，略可遮抗骄阳。祖父逝后，内院建筑了固定的铅铁棚，棚中心设置了两扇活动的天窗，至是"天棚鱼缸石榴树……"乃初具规模。民元之际，家里的环境突然维新，一日之内不但小辫子剪掉了好几根，而且装上了庞然巨物钉在墙上的"德律风"，号码是六八六，照明的工具原来都是油灯、烛蜡，只有我父亲看书时才能点白光熠熠的僧帽牌的洋蜡，煤油灯认为危险，一向抵制不用，至是里里外外装上了电灯，大放光明，还有两架电扇，西门子制造的，经常不准孩子们走近五尺距离以内，生怕削断了我们的手指。

内院上房三间，左右各有套间两间。祖父在的时候，他坐在炕上，隔着玻璃窗子向外望，我们在院里跑都不敢跑。有一次，我们几个孩子听见胡同里有"打糖锣儿的"的声音，一时忘形，蜂拥而出，祖父大吼："跑什么？留神门牙！"打糖锣儿的乃是卖糖果的小贩，除了糖果之外兼卖廉价玩具。泥捏的小人，蜡烛台，小风筝，摔炮，花样很多，我母亲一律称为"土筐货"。我们买了一些东西回来，祖父还坐在那里，唤我们进去。上房是我们非经呼唤不能进去的，而且是一经呼唤便非进去不可的，我们战战兢兢地鱼贯而入，他指着我问："你手里拿着什么？"我说："糖。""什么糖？"我递出了手指粗细的两支，一支黑的，一支白的。我解释说："这黑的，我们取名为狗屎橛；这白的为猫屎橛。"实则那黑的是杏干做的，白的是柿霜糖，祖父笑着接过去，一支咬一口尝尝，连说："不错，不错。"他要我们下次买的时候也给他买两支，我们奉了"圣旨"，下次听到糖锣儿一响，一涌而出，站在院子里大叫："爷爷，你吃猫屎橛，还是吃狗屎橛？"爷爷会立即搭腔："我吃猫屎橛！"这是我所记得的与祖父建立密切关系的开始。

父母带着我们孩子住西厢房，我同胞一共十一个，从我记事的时候已经有四个，姊妹兄弟四个孩子睡一个大炕，好热闹，尤其是到了冬天，白天玩不够，夜晚钻进被窝齐头睡在炕上还是吱吱喳喳笑话不休，母亲走过来巡视，把每个孩子脖梗子后面的棉被塞紧，便不透风，我觉得异常地舒适温暖，便怡然入睡了。我活到如今，夜晚睡时脖梗子后面透凉气，便想到母亲当年那一份爱抚的可贵。母亲打发我们睡后还有她的工作，她需要去伺候公婆的茶水点心，直到午夜。她要黎明即起，张罗我们梳洗，她很少有睡觉的时间。可是等到"多年的媳妇熬成婆"，这情形又周而复始，于是女性惨矣！

大家庭的膳食是有严格规律的，祖父母吃小锅饭，父母和孩子吃普通饭，男女仆人吃大锅饭，只有吃煮饽饽、吃热汤面是例外。我们北方人，饭桌上没有鱼虾，烩虾仁、溜鱼片是馆子里的菜，只有春夏之交，黄鱼、大头鱼相继进入旺季，全家才能大快朵颐，每人可以分到一整尾。秋风起，要吃一两回铛爆羊肉，牛肉是永远不进家门的，院子里升起一大红泥火炉的熊熊炭火，有时也用柴，噼噼啪啪地响，铛上肉香四溢，颇为别致。秋高蟹肥，当然也少不了几回持蟹把酒，平时吃的饭是标准的家常饭，到了特别的吉庆之日，看祖父母的高兴，说不定就有整只烤猪或是烧鸭之类的犒劳。祖父母的小锅饭没有什么了不起，也不过是爆羊肉、烧茄子、焖扁豆之类，就是细切细做而已。我记得祖父母进膳时，有时看到我们在院里拍皮球便喊我们进去，教我们张开嘴巴，用筷子夹起半肥半瘦的羊肉片往嘴里塞，我们实在不欣赏肥肉，闭着嘴跑到外面就吐出来，祖父有时候吃得高兴，便教"跑上房的"小厮把厨子唤来，隔着窗子对他说："你今天的爆羊肉做得好，赏钱两吊!"厨子在院中慌忙屈腿请安,连声谢谢,我觉得很好笑。我祖母天天要吃燕窝,夜晚由老张妈戴上老花眼镜坐在门旮旯儿弓着腰驼着背摘燕窝上的细茸毛,好可怜,一清早放在一个薄铫儿里在小炉子上煨。官燕木盒子是我们的,黑漆金饰,很好玩。

我母亲从来不下厨房,可是经我父亲特许,并且亲自买回鱼鲜笋蕈之类。母亲便亲操刀砧,做出来的菜硬是不同。我十四岁进了清华学校,每星期只准回家一次,除去途中往返,在家只有一顿午饭从容的时间。母亲怜爱我,总是亲自给我特备一道菜,她知道我爱吃什么,时常是一大盘肉丝韭黄加冬笋木耳丝,临起锅加一大勺花雕酒,——菜的香,母亲的爱,现在回忆起来不禁涎欲滴而泪欲垂!

我生在西厢房,长在西厢房,回忆儿时生活大半是在西厢房的那个大炕上。炕上有个被窝垛,由被褥堆垛起来的,十床八床被褥可以堆得很高,我们爬上爬下以为戏,直到把被窝垛压到连人带被一齐滚落下来然后已。炕上有个炕桌,那是我们启蒙时写读的所在。我同哥姐四个人,盘腿落脚地坐在炕上,或是把腿伸到桌底下,夜晚靠一盏油灯,三根灯草,描红模子,写大字,或是朗诵"一老人,入市中,买鱼两尾,步行回家"。我会满怀疑虑地问父亲:"为什么他买鱼两尾就不许他回家?"惹得一家大笑。有一回,我们围着炕桌夜读,我两腿清酸,一时忘形把膝头一拱,哗啦啦一声,炕桌滑落地上,油灯墨盒泼洒得一塌糊涂。母亲有时督促我们用功,不准我们淘气,手里握着笤帚疙瘩或是掸子把儿,作威吓状,可是从来没有实行过体罚。这西厢房就是我的窝，夙兴夜寐，没有一个地方比这个窝更为舒适。虽然前面有廊檐而后面无窗，上支下摘的旧式房屋就是这样的通风欠佳。我从小就是喜欢早起早睡，祖父生日有时会叫一台"托偶戏"在院中上演，有时候是滦州影戏，唱的无非是什么《盘丝洞》《走鼓沾棉》《三娘教子》《武家坡》之类，大锣大鼓，尖声细嗓，我吃不消，我依然是按时回房睡觉，大家视我为落落寡合的怪物。可是影戏里有一个角色我至今不忘，那就是每出戏完毕之后上来叩谢赏钱的那个小丑，满身袍褂靴帽而脑后翘着一根小辫，跪下来磕三个响头，有人用惊堂木配合着用力敲三下，"砰砰砰"，清脆可听。我之所以对这个角色发生兴趣，是因为他滑稽，同时代表那种只为贪图一吊两吊的小利就不惜卑躬屈膝向人磕头的奴才相。这种奴才相在人世间里到处皆是。

小时候过年固然热闹，快意之事也不太多。一方面，除夕在满院子撒上芝麻秸，踩上去咯吱咯吱响，一乐也；宫灯、纱灯、牛角灯全部出笼，而孩子们也奉准每人提一只纸糊的"气死风"，二乐也；大开赌戒，可以掷状元红，呼卢喝雉，难得放肆，三乐也。但是在另一方面，年菜年年如是，大量制造，等于是天天吃剩菜，几顿煮饽饽吃得人倒尽胃口。杂拌儿么，不管粗细，都少不了尘埃细沙杂拌其间，吃到嘴里牙碜。撤供下来的蜜供也是罩上了薄薄一层香灰。压岁钱则一律塞进"扑满"，但是永远没满过，也永远没扑过，后来都不知到哪里去了。天寒地冻，无处可玩，街上店铺家家闭户，里面不成腔调的锣鼓点儿此起彼落。厂甸儿能挤死人，为了"喝豆汁儿，就咸菜儿，琉璃喇叭大沙雁儿"，真犯不着。过年最使人窝心的事莫过于挨门去给长辈拜年，其中颇有些位只是年龄比我长些，最可恼的是有时候主人并不挡驾而教你进入厅堂朝上磕头，从门帘后面蓦地钻出一个不三不四的老妈妈，"哟，瞧这家的哥儿长得可出息啦！"辛亥革命以后我们家里不再有这些繁文缛节。

还有一个后院，四四方方的，相当宽绰。正中央有一棵两人能合抱的大榆树。后边有榆(余)取其吉利。凡事要留有余，不可尽，是我们民族特性之一。这棵榆树不但高大而且枝干繁茂，其圆如盖，遮满了整个院子。但是不可以坐在下面乘凉，因为上面有无数的红毛绿毛的毛虫，不时地落下来，咕咕囔囔地惹人嫌。榆树下面有一个葡萄架，近根处埋一两只死猫，年年葡萄丰收，挂满长长的马乳葡萄。此外，靠边还有一香椿、一花椒、一嘎嘎儿枣。每逢春暮，榆树开花结荚，名为榆钱。榆荚纷纷落下时，谓之"榆荚雨"(见《荆楚岁时记》)。施肩吾咏榆荚诗："风吹榆钱落如雨，绕林绕屋来不住。"我们北方人生活清苦，遇到榆荚成雨时就要吃一顿榆钱糕。名为糕，实则捡榆钱洗净，和以小米面或棒子面，上锅蒸熟，舀取碗内，加酱油、醋、麻油及切成段的葱白、葱叶而食之。我家每做榆钱糕成，全家上下聚在院里，站在阶前分而食之。比《帝京景物略》所说"四月榆初钱，面和糖蒸食之"，还要简省。仆人在吃过一碗两碗之后，照例要请安道谢而退。我的大哥有一次不知怎的心血来潮，吃完之后也走到祖母跟前，屈下一条腿深深请了个安，并且说了一声"谢谢您！"祖母勃然大怒，"好哇！你把我当作什么人？……"气得几乎晕厥过去。父亲迫于形势，只好使用家法了。从墙上取下一根藤马鞭，高高举起，轻轻落下，一五一十地打在我哥哥的屁股上，我本想跟进请安道谢，幸而免，吓得半死，从此见了榆钱就恶心，对于无理的专制与压迫在幼小时就有了认识。后院东边有个小院，北房三间，南房一间，其间有一口井。井水是苦的，只可汲来洗衣洗菜，但是另有妙用，夏季把西瓜系下去，隔夜取出，透心凉。

想起这栋旧家宅，顺便想起若干儿时事。如今隔了半个多世纪，房子一定是面目全非了，其实人也是不复当年的模样，纵使我能回去，探视旧居，恐怕我将认不得房子，而房子恐怕也认不得我了。

记得当时年纪小

我十岁的时候进高小，北京朝阳门内南小街新鲜胡同京师公立第三小学校。越是小时候的事情，越是记得清楚。前几年一位无名氏先生寄给我一张第三小学大门口的照片，完全是七十多年前的样子，一点也没变。我看了之后，不知是欢喜还是惆怅，总之别有一番滋味在心头。我猜想到这位无名氏先生是谁，因为他是我的第三小学的同学，虽然先后差了好几十年。我曾写过一篇小文《我在小学》，收在《秋室杂忆》里，提到教我唱歌的时老师。现在再谈谈我小时候唱歌的情形。

我启蒙的第一首歌是《春之花》。调子我还记得，也能哼得上来，歌词却记不得了。头两句好像是："春光明媚好花开，如诗如画如锦绣。"唱歌是每周一小时，总在下午，摇铃前两名工友抬进教室一架小小的风琴。当时觉得风琴是很奇妙的东西，老师用两脚踏着两块板子，鼓动风箱，两手按键盘，其声呜呜然，成为各种调子。《春之花》的调子很简单，记得只有六句，重叠反复，其实只有三句，但是很好听。老师扯着沙哑的嗓音，先唱一遍，然后他唱一句，全班跟着唱一句，然后再全首唱一遍，全班跟着全首唱一遍。唱过三五遍，摇铃下课了，校工忙着把风琴抬出去。这风琴是一宝，各班共用，学生们不准碰一下。

唱歌这一堂课最轻松，课前不要准备，扯着喉咙吼就行。老师也不点名，也不打分数考试。唱歌和手工一课不但是我们最欢迎的，而且老师都很和蔼。

有一首歌，调子我也记得，歌词记得几句，是这样开始的：

亚人应种亚洲田，
黄种应享黄海权，
青年，青年，
切莫同种自相残，
坐教欧美着先鞭！
不怕死，不爱钱，
丈夫绝不受人怜。

这首歌声调比《春之花》雄壮，唱起来蛮有劲的，但是不大懂词的意义。是谁"同种相残"？这歌是日本人作的还是中国人作的，用意何在？怎么又冒出"不怕死，不爱钱"的话？何谓"不受人怜"？老师不讲解，学生也不问，我一直糊涂至今。但是这首歌我忘却不了。

还有所谓的军歌，也是学生们喜欢学着唱的。当时有些军队驻扎在城里，东城根儿禄米仓就是一个兵营，一队队的兵常出来在大街小巷里快步慢步地走，一面走还一面唱。我是一放学就回家，不在街上打滚，所以很少遇到队伍唱歌，可是间接地也听熟了军歌的几个片段，如：

三国战将勇，

首推赵子龙，

长坂坡前逞英雄。

还有张翼德，

他奶奶的更是凶，

哇啦哇啦吼两声，

吓退了百万兵。

　　歌词很粗浅，合于一般大兵的口味，也投小学生的喜爱，我常听同学们唱军歌，自己有时也不禁地哼两句。

　　我十四岁进清华中等科，一年级还有音乐，好像是一种课外活动。教师是一位美国人，Miss Seeley，风姿绰约，是清华园里出色的人物。她教我们唱歌，首先是唱校歌，校歌是英文，也有中译，但是从来没有人用中文唱校歌。因我不喜欢用英文唱校歌，所以至今我记不得怎样唱了。可是我小时嗓音好，调门高，经过测验就被选入幼年歌唱团，有一次还到城里青年会做过公开演唱会。同班的应尚能有音乐天才，唱低音，那天在青年会他涂黑了脸饰一黑人，载歌载舞，口里唱着——

It's nice to get up

Early in the morning,

But, it's nicer

To lie in bed.

满堂喝彩，掌声如雷，那盛况至今如在目前。不久我倒嗓喑哑不成声，遂对唱歌失去兴趣。有些同学喜欢星期日参加一些美国教师家里的查经班，于是 Onward Christian Soldiers、Marching As To War……之类的歌声洋洋乎盈耳。"一百零一首名歌"在清华园里也不时地荡漾起来。这皆非我之所好。我乃渐渐地成为兰姆所谓"没有耳朵的人"。

抗战时期，我已近中年，中年人还唱什么歌？寓处附近有所小学，小学生的歌声不时地传送过来。像"起来，不愿做奴隶的人们"那首进行曲，听的回数太多了，没人教也会唱。还有一首歌我也常听小学生们唱，我的印象很深：

张老三，我问你：

你的家乡在哪里？

我的家，在山西，

过河还有二十里。

张老三，我问你：

种田还是做生意？

这样的一问一答，张老三终于供出他是布商，而且囤积了不少布匹，赢得不少暴利，于是这首歌的最后几句是：

> 一大批，一大批，
> 囤积在家里。
> 你是坏东西，
> 你真该枪毙！

这首歌大概对于囤积居奇的奸商及一般人士产生不小的影响。

抗战时期也有与抗战无关的歌大为流行。例如，《教我如何不想她》虽说是模仿旧曲《四季相思》的意思，格调却是新的，抑扬顿挫，风靡一时。使我最难忘的是《记得当时年纪小》一首小歌，作者黄自是清华同学。我学唱这首歌是在一个温暖的秋季时节，在重庆南岸海棠山坡上，经朋友指点，反复唱了好几遍，事隔数十年，仍然萦绕在耳边。

在上文发表后，引起几位读者兴趣，或来书指正，或予补充。

平群先生和刘济华先生分别告诉我《黄种应享黄海权》那首歌的全本是这样写的：

> 黄种应享黄海权，

亚人应种亚洲田。

青年，青年，

切莫同种自相残，

坐教欧美着先鞭。

不怕死，不爱钱，

丈夫绝不受人怜。

纵洪水滔天，

只手挽狂澜，

方不负石磐铁砚，

后哲先贤！

我还是不大懂，教儿童唱这样的歌是什么意思。有一位来信说此歌是"九一八"以后日本人作的，我想恐怕不对，此歌流行甚早，"九一八"是二十多年后的事。不过我也疑心到此歌作者用心不善。

小民女士来信补充了《三国战将勇》那首军歌的好几句，但是全文她也记不得了。

我最大的错误是关于《张老三》那首歌。杨沄先生来信说，《张老三》是抗战名曲《河边对口唱》，全文如下：

〔对唱〕张老三，我问你，你的家乡在哪里？

我的家，在山西，过河还有三百里。

我问你，在家里，种田还是做生意？

拿锄头，耕田地，种的高粱和玉米。

为什么，到此地，河边流浪受孤凄？

痛心事，莫提起，家破人亡无消息。

张老三，莫伤悲，我的命运不如你。

为什么，王老七，你的家乡在何地？

在东北，做生意，家乡八年无消息。

这该说，我和你，都是有家不能回。

〔合唱〕仇和恨，在心里，奔腾如同黄河水！

黄河边，定主意，咱们一同打回去！

为国家，当兵去，太行山上打游击！

从今后，我和你，一同打回老家去！

据杨先生说这歌曲是《黄河大合唱》中的一段，乃光未然（张光年）作词，冼星海作曲，于民国二十八年在延安完成，此曲在台湾为禁歌。显然的不是我文中所谓打击囤积的奸商的歌，我之所以有此错误，乃因这不是我童年唱过的歌，而是后来听孩子们常唱的，其歌唱的调子又好像和那打击奸商的歌有些相近，所以我就把两首歌联在一起了。

我的女儿文蔷来信告诉我，打击奸商的歌她是唱过的，其歌词大概是这样的——

你、你、你、你这个坏东西，

市面上日常用品不够用，

你一大批，一大批，囤积在家里！

只为你，发财肥自己，

别人的痛苦你全不理，

你这坏东西，你这坏东西，

真是该枪毙！

嗨！你这坏东西！

嗨！你真该枪毙！

一九八六年十二月十八日补记

一九七六年四月四日《中华日报·副刊》王令娴女士的一篇文章中也提到《你这个坏东西》这首歌，记得更完全，如下：

你、你、你、

你这个坏东西！

市面上日常用品不够用哟，

你一大批，一大批，

囤积在家里。

只管你发财，肥了自己，

别人的痛苦，你是全不理。

坏东西，坏东西，

囤积居奇，捣乱金融，破坏抗战。

都是你！

你的罪名和汉奸一样的。

别人在抗战里，

出钱又出力唷！

只有你，整天地在钱上打主意。

想一想，你自己，

是要钱做什么呢！

到头来你一个钱也带不进棺材里。

你这个坏东西！

清华八年

一

我自民国四年进清华学校读书，民国十二年毕业，整整八年的工夫在清华园里度过。人的一生没有几个八年，何况是正值宝贵的青春。四十多年前的事，现在回想已经有些模糊，如梦如烟，但是较为突出的印象则尚未磨灭。有人说，人在开始喜欢回忆的时候便是开始老的时候。我现在却开始回忆了。

民国四年，我十四岁，在北京新鲜胡同京师公立第三小学毕业，我的父亲接受朋友的劝告要我投考清华学校。这是一个重大的决定，因为这个学校远在郊外，我又是一个古老的家庭中长大的孩子，从来没有独自在街头闯荡过，这时候要捆起铺盖到一个陌生的地方去住，不是一件平常的事，而且在这个学校经过八年之后便要漂洋过海离乡背井到新大陆去负笈求学，更是难以设想的事。所以父亲这一决定下来，母亲急得直哭。

清华学校在那时候尚不大引人注意。学校的创立乃是由于民国纪元前四年美国老罗斯福总统决定退还庚子赔款半数指定用于教育用途，意思是好的，但是带着深刻的国耻意味。所以这学校的学制特殊，事实上是留美预备学校，不由教育部管理，校长由外交部派。每年招考学生的名额，按照各省分担的庚子赔款的比例分配。我原籍浙江杭县，本应到杭州去应试，但往返太费事，而且我家寄居北京很久，也可算是北京的人家，为了取得法定的根据起见，我父亲特赴京兆大兴县署办理入籍手续，得到准许备案，我才到天津（当时直隶省会）省长公署报名。我的籍贯从此确定为京兆大兴县，即北京。北京东城属大兴，西城属宛平。

那一年直隶省分配名额为五名，报名应试的大概是三十个人，初试结果取十名，复试再遴选五名。复试由省长朱家宝主持，此公素来喜欢事必躬亲，不愿假手他人，居恒有一颗闲章，文曰"官要自作"。我获得初试入选的通知以后就到天津去谒见省长。十四岁的孩子几曾到过官署？大门口站班的衙役一声吆喝，吓我一大跳，只见门内左右站着几个穿宽袍大褂的衙役垂手肃立，我逡巡走进二门，又是一声吆喝，然后进入大厅。十个孩子都到齐，才有人出来点名。静静地等了一刻钟，一位面团团的老者微笑着踱了出来，从容不迫地抽起水烟袋，逐个地盘问我们几句话，无非是姓甚、名谁、几岁、什么属相之类的谈话。然后我们围桌而坐，各有毛笔纸张放在面前，写一篇作文，题目是"孝悌为人之本"。这个题目我好像从前做过，于是不假思索援笔立就，总之是一些陈词滥调。

过后不久发榜，榜上有名的除我之外还有吴卓、安绍芸、梅贻宝及一位未及入学即行病逝的应某。考取学校总是幸运的事，虽然那时候我自己及一般人并不怎样珍视这样的一个机会。

就是这样，我和清华结下了八年的缘分。

二

八月末，北京已是初秋天气，我带着铺盖到清华园去报到，出家门时母亲直哭，我心里也很难过。我以后读英诗人 Cowper 的传记时之所以特别同情他，即是因为我自己深切体验到一个幼小的心灵在离开父母出外读书时的那种滋味——说是"第二次断奶"实在不为过。第一次断奶，固然苦痛，但那是在孩提时代，尚不懂事，没有人能回忆自己断奶时的懊恼，第二次断奶就不然了，从父母身边把自己扯开，在心里需要一点气力，而且少不了一阵辛酸。

清华园在北京西郊外的海淀西北。出西直门走上一条漫长的马路，沿途有几处步兵统领衙门的"堆子"，清道夫一铲一铲地在道上撒黄土，一勺一勺地在道上泼清水，路的两旁是铺石的路专给套马的大敞车走的。最不能忘的是路边的官柳，是真正的垂杨柳，好几丈高的丫杈古木，在春天一片鹅黄，真是"柳眼挑金"。更动人的时节是在秋后，柳丝飘拂到人的脸上，一阵阵的蝉噪，夕阳古道，情景幽绝。我初上这条大道，离开温暖的家，走向一个新的环境，心里不知是什么滋味。

海淀是一小乡镇，过仁和酒店便微闻酒香，那一家的茵陈酒莲花白是有名的，再过去不远有一个小石桥，左转去颐和园，右转经圆明园遗址，再过去就是清华园了。清华园原是清室某亲贵的花园，大门上"清华园"三字是大学士那桐题的，门并不大，有两扇铁栅，门内左边有一棵状如华盖的老松，斜倚有态，门前小桥流水，桥头上经常系着几匹小毛驴。

园里谈不到什么景致，不过非常整洁，绿草如茵，校舍十分简朴，但是一尘不染。原来的一点点中国式园林点缀保存在"工字厅""古月堂"，尤其是工字厅后面的荷花池。徘徊池畔，有"风来荷气，人在木阴"之致。塘坳有亭翼然，旁有巨钟为报时之用。池畔松柏参天，厅后匾额上的"水木清华"四字确是当之无愧。又有长联一副："槛外山光，历春夏秋冬，万千变幻，都非凡境；窗中云影，任东西南北，去来澹荡，洵是仙居。"（祁寯藻书）我在这个地方不知道消磨了多少个黄昏。

西园榛莽未除，一片芦蒿，但是登土山西望，圆明园的断垣残石历历可见，俯仰苍茫，别饶野趣。我记得有一次郁达夫特来访问，央我陪他到圆明园去凭吊遗迹，除了那一堆石头什么也看不见了，所谓"万园之园"的四十美景只好参考后人画图于想象中得之。

三

清华分高等科、中等科两部分。刚入校的便是中等科的一年级生。中等四年，高等四年，毕业后送到美国去，这两部分是隔离的，食宿教室均不在一起。

学生们都是来自各省的，而且是很平均地代表着各省。因此各省的方言都可以听到，我不相信除了清华之外有任何一个学校其学生籍贯是如此的复杂。有些从广东、福建来的，方言特殊，起初与外人交谈无不困难，不过年轻人学语迅速，稍后亦可适应。由于方言不同，同乡的观念容易加强，虽无同乡会的组织，事实上一省的同乡自成一个集团。我是北京人，我说国语，大家都学着说国语，所以我没有方言，因此我也就没有同乡观念。如果我可以算得是北京土著，但像我这样的土著，清华一共没有几个（原籍满族的陶世杰，原籍蒙族的杨宗瀚都可以算是真正的北京人）。北京也有北京的土语，但是从这时候起我就和各个不同省籍的同学交往，我只好抛弃了我的土语成分，养成使用较为普通的国语的习惯。我一向不参加同乡会之类的组织，同时我也没有浓厚的乡土观念，因为我在这样的环境有过八年的熏陶，凡是中国人都是我的同乡。

一天夜里下大雪，黎明时同屋的一位广东同学便大惊小怪地叫了起来："下雪啦！下雪啦！"别的寝室的广东同学也出来奔走相告，一个个从箱子里取出羊皮袍穿上，但是里面穿的是单布裤子！

有一位从厦门来的同学，因为言语不通没人可以交谈，孤独郁闷而精神失常，整天用英语喊叫："我要回家！我要回家！"高等科有一位是他的同乡，但是不能时常来陪伴他。结果这位可怜的孩子被遣送回家了。

我是比较幸运的，每逢星期日我缴上一封家长的信便可获准出校返家，骑驴抄小径，经过大钟寺，到西直门，或是坐一小时的人力车遵大道进城。在家里吃一顿午饭，不大工夫夕阳西下又该回学校去了。回家的手续是在星期六晚办妥的，领一个写着姓名的黑木牌，第二天交到看守大门的一位张姓老头儿的手里，才得出门。平常是不准越大门一步的。但是高等科的同学们，和张老头打个招呼，也可以出门走走，买点什么鸭梨、柿子、烤白薯之类的东西。

新生都是一群孩子，我这一班里以项君最为矮小，有一回他掉在一只大尿桶里几乎淹死。二三十年后我在天津遇到他，他已经任一个银行的经理，还是那么高，想起往事不禁发出会心的微笑。

新生的管理是很严格的。斋务主任陈筱田先生是个了不起的人物，天津人，说话干脆而尖刻，精神饱满，认真负责。学生都编有学号，我在中等科时是五八一，在高等科时是一四九，我毕业十几年后在南京车站偶然遇到他，他还能随口说出我的学号。每天早晨七点打起床钟，赴盥洗室，每人的手巾、脸盆都写上号码，脏了要罚。七点二十分吃早饭，四碟咸菜如萝卜干、八宝菜之类，每人三个馒头，稀饭不限。饭桌上也有各人的学号，缺席就要记下处罚。脸可以不洗，早饭不能不去吃。陈先生常常躲在门后，拿着纸笔把迟到的一一记下，专写学号，一个也漏不掉。我从小就有早起的习惯，永远在打钟以前很久就起床，所以从不误吃早饭。

学生有久久不写平安家信以致家长向学校查询者，因此学校规定每两星期必须写家信一封，交斋务室登记寄出。我每星期回家一次，应免此一举，但格子规定仍须照办。我父亲说这是很好的练习小楷的机会，特为我在荣宝斋印制了宣纸的信笺，要我恭楷写信，年终汇订成册，留作纪念。

学生身上不许带钱，钱要存在学校的银行里，平常的零用钱可以存少许在身上，但一角钱、一分钱都要记账，而且是新式簿记，有明细账，有资产负债对照表，月底结算完竣要呈送斋务室备核盖印然后发还。在学校用钱的机会很少，伙食本来是免费的，我入校的那一年才开始收半费，每月伙食是六元半，我缴三元，在我以后就是缴全费的了，洗衣服每月二元，这都是在开学时缴清了的。理发每次一角，技术不高明，设备也简陋，但有一样好处——快，十分钟连揪带拔一定完工（我的朋友张心一来自甘肃，认为一角钱太贵，总是自剃光头，青白油亮，只是偶带刀痕）。所以花钱只是买零食。校内有一个地方卖日用品及食物，起初名为嘉华公司，后改称为售品所，卖豆浆、点心、冰激凌、花生、栗子之类。学生只有在寝室里可以吃东西，在路上走的时候吃东西是被禁止的。

洗澡的设备很简单，用的是铅铁桶，由工友担冷热水。学生们很多不喜欢亲近水和肥皂，于是洗澡便需要签名，以备查核。规定一星期洗澡至少两次，这要求并不过分，可是还是有人只签名而不洗澡。照规定一星期不洗澡予以警告，若仍不洗澡则在星期五下午四时周会（名为伦理演讲）时公布姓名，若仍不洗澡则强制执行派员监视。以我所知，这规则尚不曾实行过。

看小说也在禁止之列，小说是所谓的"闲书"，据说是为成年人消遣之用，不是诲淫就是诲盗，年轻人血气未定，看了要出乱子的。可是像《水浒传》《红楼梦》之类我早就在家里看过，也是偷着看的，看到妙处心里确是怦怦然。

我到清华之后，经朋友指点，在海淀有一家小书店可以买到石印小字的各种小说。我顺便去了，一看琳琅满目，如入宝山，于是买了一部《绿牡丹》。有一天晚上躺在床上偷看，字小、纸光、灯暗，倦极抛卷而眠，翌晨起来就忘记从枕下捡起，斋务先生查寝室，伸手一摸就拿走了。当天就有条子送来，要我去回话，我还不知道是什么事。只见陈先生铁青着脸，把那本《绿牡丹》往我面前一丢，说："这是嘛？""嘛"者天津话"什么"也。我的热血涌到脸上，无话可说，准备接受打击。也许是因为我是初犯，而且并无其他前科，也许是因为我诚惶诚恐俯首认罪，使得惩罚者消了不少怒意，我居然除了受几声叱责及查获禁书没收之外没有受到任何惩罚。依法，这种罪过是要处分的，应于星期六下午大家自由活动之际被罚禁闭，地点在"思过室"，这种处分是最轻微的处分，在思过室里静坐几小时，屋里壁上满挂着格言，所谓"闭门思过"。凡是受过此等处分的，就算是有了记录，休想再能获得品行优良奖的大铜墨盒。我没进过思过室，可是也从来没有得过大铜墨盒，可能是受了"绿牡丹事件"的影响。我们对于得过墨盒的同学们既不嫉妒亦不羡慕，因为人人心里明白那个墨盒的代价是什么，并且事后证明墨盒的得主将来都变成了什么样的角色。

思过是要牌示的，若干次思过等于记一小过，三小过为一大过，三大过则恶贯满盈实行开除。记过开除之事在清华随时有之，有时候一向品学兼优的学生亦不能免于记过。比我高一班的潘光旦曾告诉我他就被记小过一次，事由是他在严寒冬夜不敢外出如厕，就在寝室门外便宜行事，事有凑巧，陈斋务主任正好深夜巡查，觌面相迎当场查获，当时未交一语，翌日挂牌记过。光旦认为这是很有趣的一件事，从不讳言。中等科的厕所（绰号"九间楼"）在夜晚是没有人敢去的，面临操场，一片寂寥，加上狂风怒吼，学生们是有一点怕。最严重的罪过是偷窃，一经破获，立刻开除，有时候拿了人家的一本字典或是拿了人家一匹夏布，都要受最严重的处分，趁上课时扃闭寝室通路，翻箱倒箧实行突检，大概没有窃案不被破获的，虽然用重典，总还有人要蹈法网。有些学生被当作"线民"使用，负责打小报告，这种间谍制度后来大受外国教员指责，不久就废弃了，做线民的大概都是得过墨盒的。

清华对于年幼的学生还有过一阵的另一训导制度，三五个年幼的学生配给一个导师，导师由高等科的大学生担任，每星期聚会一次，在生活上予以指导。指导我的是一位沈隽淇先生，比我大七八岁，道貌岸然，不苟言笑。这制度用意颇佳，但滞碍难行，因为硬性配给，不免扞格。此制行之不久即废，沈隽淇先生毕业后我也从来没听见过他的消息。

严格的生活管理只限于中等科，我们事后想想像陈筱田先生所执行的那一套管理方法，究竟是利多弊少，许多做人做事的道理，本来是应该在幼小的时候就要认识。许多自然主义的教育信仰者，以为儿童的个性应该任其自由发展，否则受了摧残以后，便不得伸展自如。至少我个人觉得我的个性没有受到压抑以至于以后不能得到充分发展。我从来不相信"树大自直"。等我们升到高等科，一切管理松弛多了，尤其是正值"五四运动"之后，学生的气焰万丈，谁还能管学生？

四

清华是预备留美的学校，所以课程的安排与众不同，上午的课如英文、作文、公民（美国公民）、数学、地理、历史（西洋史）、生物、物理、化学、政治学、社会学、心理学……都一律用英语讲授，一律用美国出版的教科书；下午的课如国文、历史、地理、修身、哲学史、伦理学、修辞、中国文学史……都一律用国语，用中国的教科书。这样划分的目的显然是要加强英语教学，使学生多得听说英语的机会。上午的教师一部分是美国人，一部分是能说英语的中国人。下午的教师是一些中国的老先生，其中好多都是在前清有过功名的。但是也有流弊，重点放在上午，下午的课就显得稀松。尤其是在毕业的时候，上午的成绩需要及格，下午的成绩则根本不在考虑之列。因此大部分学生轻视中文的课程。这是清华在教育上最大的缺点，不过鱼与熊掌不可兼得，顾了英文就不容易再顾中文，这困难的情形也是可以理解的。可惜的是学校没有想出更合理的办法，同时，对待中文教师之差别待遇也令学生生出很奇异的感想，薪给得特别低，集中住在比较简陋的古月堂，显然中文教师是不受尊重的。这在学生的心理上有不寻常的影响，一方面使学生蔑视本国的文化，崇拜外国人；另一方面激起反感，对于洋人偏偏不肯低头。我个人的心理反应即属于后者，我下午上课从来不和先生捣乱，上午在课堂里就常不驯顺。而且我一想起母校，就不能不联想起庚子赔款、义和团、吃教的洋人、昏聩的官吏……这一连串的联想使我惭愧愤怒。我爱我的母校，但这些联想如何能使我对母校毫无保留地感觉骄傲呢？

清华特别注重英文一课，由于分配的钟点特多，再加上午其他各课亦用英语讲授，所以平均成绩可能较一般的学校略胜。使用的教本开始时是《鲍尔文读本》，以后就由浅入深地选读文学作品，如《爱丽丝漫游奇境》《陶姆伯朗就学记》《柴斯菲德训子书》《金银岛》《欧文杂记》，阿迪生的《洛杰爵士杂记》，霍桑的《七山墙之屋》《块肉余生述》《朱立阿西撒》《威尼斯商人》，等等。前后八年教过我英文的老师有马国骥先生、林语堂先生、孟宪承先生、巢望霖先生，美籍的有 Miss Baader、Miss Clemens、Mr. Smith 等。马、林、孟三位先生都是当时比较年轻的教师，不但学问好、教法好，而且热心教学，是难得的好教师。巢先生是在英国受教育的，英文根底极好，我很惭愧的是我曾在班上屡次无理捣乱反抗，使他很生气，但是我来台湾后他从香港寄信给我，要我到香港大学去教中文，我很感谢这位老师尚未忘记几十年前的一个顽皮的学生。两位美籍的女教师使我特殊受益的倒不在英文训练，而在她们教导我们练习使用"议会法"，这一套如何主持会议、如何进行讨论、如何交付表决等的艺术，以后证明十分有用，这也就是孙中山先生所谓的"民权初步"。在民主社会里到处随时有集会，怎么可以不懂集会的艺术？我幸而从小就学会了这一套，受用不浅，以后每逢我来主持任何大小会议，我知道如何控制会场秩序，如何迅速地处理案件的讨论。她们还教了我们作文的方法，题目到手之后，怎样先作大纲，怎样写提纲挈领的句子，有时还要把别人的文章缩写成大纲，有时从一个大纲扩展成一篇文章，这一切其实就是思想训练，所以不仅对英文作文有用，对国文也一样地有用。我的文章写得不好，但如果层次不太紊乱，思路不太糊涂，其得力处在此。美国的高等学校大概就是注重此种教学方法，清华在此等处模仿美国，是有益的。

上午的所有课程有一特色，即是每次上课之前学生必须做充分准备，先生指定阅览的资料必须事先读过，否则上课即无从听讲或应付。上课时间用在练习讨论者多，用在讲解者少，同时鼓励学生发问。我们中国学生素来没有当众发问的习惯，美籍教师常常感觉困惑，有时指名发问令其回答，造成讨论的气氛。美国大学里的课外指定阅读的资料分量甚重，所以清华先有此种准备，免得到了美国顿觉不胜负荷。我记得到了高等科之后，先生指定要读许多参考书，某书某章必须阅读，我们在图书馆未开门之前就排了长龙，抢着阅读参考书架上的资料，迟到者就要等候。

我的国文老师中使我获益最多的是徐镜澄先生，我曾为文纪念过他（见《秋室杂文》）。他在中等科教我作文一年，批改课业大勾大抹，有时全页都是大墨杠子，我几千字的文章往往被他删削得体无完肤，只剩下三二百字，我始而懊恼，继而觉得经他勾改之后确实是另有一副面貌，终乃接受了他的"割爱主义"，写文章少说废话，开门见山；拐弯抹角的地方求其挺拔，避免阘茸。

午后的课程大致不能令学生满意。学校聘请教员只知道注意其有无举人进士的头衔，而不问其是否为优良教师。尤其是"五四运动"以后的几年，学生求知若渴，不但要求新知，对于中国旧学问也要求用新眼光来处理。比我低一班的朱湘先生就跑到北大旁听去了。清华午后上课情形简直是荒唐！先生点名，一个学生可以代替许多学生答到，或者答到之后就开溜，留在课室者可以写信、看小说，甚至打瞌睡，而先生高踞讲坛视若无睹。我记得清清楚楚，有一位时先生年老而无须，有一个学生发问了："先生，你为什么不生胡须？"先生急忙用手遮盖他的下巴，缩颈俯首而不答，全班哄笑。这类不成体统的事不止一端。

于此我不能不提到梁任公先生。大概是在我毕业前一年，我们几个学生集议想请他来演讲。他的大公子梁思成是我同班同学，梁思永、梁思忠也都在清华，所以我们经过思成的关系一约就成了。任公先生的学问事业是大家敬仰的，尤其是他心胸开朗，思想赶得上潮流，在"五四运动"以后俨然是学术巨擘。他身材不高、头秃、双目炯炯有光，走起路来昂首阔步，一口广东官话，声如洪钟。他讲演的题目是"中国韵文里表现的情感"，他情感丰富，记忆力强，用手一敲秃头便能背诵出一大段诗词，有时手之舞之足之蹈之，有时口沫四溅涕泗滂沱，频频地从口袋里掏出一块大毛巾来揩眼睛。这篇演讲分数次讲完，又异常地成功，我个人对中国文学的兴趣就是被这一篇演讲所鼓动起来的。以前读曾毅《中国文学史》，因为授课的先生只是照着书本读一遍，毫无发挥，所以我越读越不感兴趣。任公先生以后由学校聘请住在工字厅主讲《中国历史研究法》，更以后清华大学成立，他被聘为研究所教授，那是后话了。

还有些位老师我也是不能忘记的。教音乐的 Miss Seeley 和教图画的 Miss Starr 和 Miss Lyggate 都启迪了我对艺术的爱好。我本来喉音不坏，被选为"少年歌咏团"的团员，一共十二个人，除了我之外有赵敏恒、梅畅春、项谔、吴去非、李先闻、熊式一、吴鲁强、胡光澄、杜钟珩、郭殿邦等，我的嗓音最高，曾到城里青年会表演过一次 Human Piano"人造钢琴"，我代表最高音，以后我倒了嗓子，同时 Seeley 女士离校后也没有人替其指导，我对音乐便失去了兴趣，没有继续修习，以至于如今对音乐几乎是个聋子，中国音乐不懂，外国音乐也不通，变成了一个"内心没有音乐的人"，想起来实在可怕。讲到国画，我从小就喜欢，涂抹几笔是可以的，但无天才，清华的这两位教师给我的鼓励太多了，要我画炭画，描石膏像，记得最初是画院里的一棵松树，从基本上学习，但我没有能持续用功。我妄以为在小学时即已临摹王石谷、恽南田，如今还要回过头来画这些死东西？自以为这是委屈了我的才能，其实只是狂傲无知。到如今一点基本的功夫都没有，还谈得到什么用笔用墨？幼年时对艺术有一点点爱好，不值什么，没加上苦功，便毫无可观，我便是一例。

我不喜欢的课是数学。在小学时"鸡兔同笼"就已经把我搅昏了头，到清华习代数、几何、三角，更格格不入，从心里厌烦，开始时不用功，以后就很难跟上去，因此视数学课为畏途。我的一位同学孙筱孟比我更怕数学，每回遇到数学月考大考，他一看到题目就好像是"贾宝玉神游太虚幻境"一般，匆匆忙忙回寝室换裤子，历次不爽。我那时有一种奇异的想法，我将来不预备习理工，要这劳什子做什么？以"兴趣不合"四个字掩饰自己的懒惰愚蠢。数学是人人要学的，人人可以学的，那是一种纪律，无所谓兴趣之合与不合，后来我和赵敏恒两个人同在美国一个大学读书，清华的分数单上数学一项都是勉强及格六十分，需要补修三角与立体几何，我们一方面懊恼，另一方面引为耻辱，于是我们两个拼命用功，结果我们两个在全班上占第一第二的位置，大考特准免予参加，以甲上成绩论。证明什么？这证明没有人的兴趣是不近数学的，只要按部就班地用功，再加上良师诱导，就会发觉里面的趣味，万万不可任性，在学校里读书时万万不可相信什么"趣味主义"。

生物、物理、化学三门并非全是必修，预备习文法的只要修生物即可，这一规定也害我不浅，我选了比较轻松的生物，教我们生物的陈隽人先生，他对我们很宽松，我在实验室里完全把时间浪费了，我怕触及蚯蚓、田鸡之类的活东西，闻到珂罗芳的味道就头痛，把蛤蟆四肢钉在木板上开刀取心脏是我最怵的事，所以总是请同学代为操刀，敷衍了事。物理、化学根本没有选修，至今引为憾事。

我的手很笨拙，小时候手工一向很坏，编纸插豆、泥工竹工的成绩向来羞于见人。清华亦有手工一课，教师是周永德先生，有一次他要我们每人做一个木质的方锥体，我实在做不好，就借用徐宗沛同学所做的成品搪塞交上。宗沛的手是灵巧的，他的方锥体做得方方正正有棱有角，周先生给他打了个九十分。我拿同一个作品交上去，他对我有偏见，仅打了七十分，我不答应，我自己把真相说穿。周先生大怒，说我不该借用别人的作品。我说："我情愿受罚，但是先生判分不公，怎么办呢？"先生也笑了。

五

清华对于体育特别注重。

每天早晨在第二堂与第三堂之间有十五分钟的柔软操，钟声一响大家拥到一个广场上，地上有写着号码的木桩，各按号码就位立定，由舒美科先生或马约翰先生领导活动，由助教过来点名。这十五分钟操，如果认真做也能浑身冒汗。这是很好的调剂身心的办法。

下午四时至五时有一小时的强迫运动，届时所有的寝室课室房门一律上锁，非到户外运动不可，至少是在外面散步或看看别人运动。我是个懒人，处此情形之下，也穿破了一双球鞋，打烂了三五只网球拍，大腿上被棒球打黑了一大块。可惜到了高等科就不再强迫了。经常运动有助于健康，不，是健康之绝对必需的条件。而且身体的健康，也必有助于心理的健康。年轻时所获致的健康也是后来求学做事的一笔资本。那时清华的学生一般比较活泼一些，少老气横秋的态度，也许是运动比较多一点的缘故。

学生们之普遍爱好运动的习惯之养成是一件事，选拔代表与别的学校竞赛则又是一件事。清华对选手的选拔培养与爱护也是做得很充分的。选手要勤练习，体力耗损多，食物需要较高的热量，于是在食堂旁边另设"训练桌"，大鱼大肉，四盘四碗，同学为之侧目。运动员之德智体三育均优者固然比比皆是，但在体育方面畸形发展的亦非绝无仅有。有一位玩球的健将就是功课不够理想，但还是设法留在校内以便为校立功，这种恶劣的作风大家都是知道的。

清华的运动员给清华带来不少的荣誉，在各种运动比赛中总是占在领导的位置。在最初的几次远东运动会中清华的选手赢得了不少锦标，为国家争取光荣。我记得最清楚的是一场足球赛和一场篮球赛。上海南洋大学的足球队在华中称雄，远征华北以清华为对象，大家都觉得胜败未可逆料，不无惴惴。清华的阵容是前锋徐仲良、姚醒黄、关颂韬、华秀升、邝××，后卫之一是李汝祺，守门员是董大酉。这一战打得好精彩，徐仲良脚头有劲，射门准而急，关颂韬最会盘球，三两个人奈何不得他，冲锋陷阵如入无人之境，结果清华以逸待劳，侥幸大胜。这是在星期六下午举行的，星期一补放假一天以资庆祝，这是什么事！另一场篮球赛是对北师大。北师大在体育方面也是人才辈出，篮球队中一位魏先生尤负盛名。北师大和清华在篮球上不相上下，可说是势均力敌。清华的阵容是前锋有时昭涵、陈崇武，后卫有孙立人、王国华，以这一阵容为基本的篮球队曾打垮菲律宾、日本的代表队。鏖战的结果清华占地利因而险胜，孙立人、王国华的截球之稳练不能不令人叹为观止。附带提起，现在台湾的程树仁先生也是清华的运动健将，他继曹懋德为足球守门，举臂击球，比用脚踢还打得远些，他现在年近七十而强健犹昔，是清华体育精神的代表。

清华毕业时照例要考体育，包括田径、爬绳、游泳等项。我平常不加练习，临考大为紧张，马约翰先生对于我的体育成绩只是摇头叹息。我记得我跑四百码的成绩是九十六秒，人几乎晕过去。跑一百码的成绩是十九秒。其他如铁球、铁饼、标枪、跳高、跳远都还可以勉强及格。游泳一关最难过。清华有那样好的游泳池，按说有好几年的准备应该没有问题，可惜这好几年的准备都是在陆地上，并未下过水里，临考只得舍命一试。我约了两位同学各持竹竿站在两边，以备万一。我脚踏池边猛然向池心一扑，这一下就浮出一丈开外，冲力停止之后，情形就不对了。原来水里也有地心引力，全身直线下沉。喝了一大口水之后，人又浮到水面，尚未来得及喊救命，已经再度下沉。这时节两根竹竿把我挑了起来，成绩是不及格，一个月后补考。这一个月我可天天练习了，好在不止我一人，尚有几位陪伴我。补考的时候也许是太紧张，老毛病又发了，身体又往下沉，据同学告诉我，我当时在水里扑腾得好厉害，水花四溅，翻江倒海一般，否则也不会往下沉。这一沉，沉到了池底，我摸到大理石的池底，滑腻腻的。我心里明白，这一回只许成功不许失败，便在池底连爬带游地前进，喝了几口水之后，头已露出水面，知道快游完全程了，于是从从容容来了几下子蛙式泳，安安全全地跃登彼岸，马约翰先生笑得弯了腰，挥手叫我走，说："好啦，算你及格了。"这是我毕业时极不光荣的一个插曲，我现在非常悔恨，年轻时太不知道重视体育了。

清华的体育活动也并不完全是洋式的，也有所谓国术，如打拳、击剑之类，教师是李剑秋先生，他的拳是外家一路，急而劲，据说很有功夫，有时也开会表演，邀来外面的各路英雄，刀枪剑戟陈列在篮球场上，主人先垫垫脚，然后十八般武艺一样一样地表演上场，其中包括空手夺刀之类。对于这种玩意儿，同学中也有乐此不疲者，分头在钻研太极八卦、少林石头的奥秘。

六

"五四运动"发生在民国八年，我在中等科四年级，十八岁，是当时学生群中比较年轻的一员。清华远在郊外，在"五四运动"

过后第二三天才和城里的学生联络上。清华学生的领导者是陈长桐，他的领导才能是天生的，他严肃而又和蔼，冷静而又热情，如果他以后不走进银行而走进政治，他一定是第一流的政治家。他卓越的领导能力使得清华学生在这次运动里尽了应尽的责任，虽然以后没有人以"五四健将"而闻名于世。自五月十九日以后，北京学生开始街道演讲。我随同大队进城，在前门外珠市口我们一小队人从店铺里搬来几条木凳横排在街道上，人越聚越多，讲演的情绪越来越激昂，这时有三两部汽车因不得通过而乱按喇叭，顿时激怒了群众，不知什么人一声喝打，七手八脚地捣毁了一部汽车。我当时感觉到大家只是一股愤怒不知向谁发泄，恨政府无能，恨官吏卖国，这股恨只能在街上如醉如狂地发泄了。在这股洪流中没有人能保持冷静，此之谓群众心理。那部被打的汽车是冤枉的，可是后来细想也许不冤枉，因为至少那个时候坐汽车而不该挨打的人究竟为数不多。

章宗祥的儿子和我同一寝室。"五四运动"爆发之后，他悄悄地走避了，但是许多人不依不饶地拥进了我的寝室，把他的床铺捣烂了，衣箱里的东西狼藉满地。我回来看到很反感，觉得不该这样做。过后不久他害猩红热死了。

六月三日、四日北京学生千余人在天安门被捕，清华的队伍最整齐，所以集体被捕，所占人数也最多。

清华因为继续参加学生运动而引起学校当局的不满，校长张俊全先生也许是用人不当，也许是他自己过分慌张，竟乘学生晚间开会之际切断了电线，他以为这一招可以迫使学生散去，想不到反而激怒了学生，当时点起蜡烛继续开会，这是对当局之公然反抗。事有凑巧，会场外忽然发现了三五个衣裳诡异、打着纸灯笼的乡巴佬，经盘问后，原来是由学校当局请来的乡间"小锣会"来弹压学生的。所谓小锣会，即是乡村农民组织的自卫团体，遇有盗警之类的事变就以敲锣为号，群起抵抗，是维持地方治安的一种组织。糊涂的学校当局竟把这种人请进学校来对付学生，真是自寻烦恼。学生们把小锣会团团围住，让他们具结之后便把他们驱逐出校。但是驱逐校长的风潮也因此而爆发了。

"五四运动"往好处一变而为新文化运动，往坏处一变而为闹风潮。清华的风潮是赶校长。张煜全、金邦正，接连着被学生列队欢送迫出校外，其后是罗忠治根本未能到差。这一段时期学生领导人之最杰出者为罗隆基，他私下里常说的"九年清华，三赶校长"是确有其事的。清华传统管理学生的方式崩溃了，学生会的坚强组织变成学生生活的中心。学生自治也未始不是一个好的现象，不过罢课次数太多，一快到暑假就要罢课，有人讥笑我们是怕考试，然乎否乎根本不值一辩，不过罢课这个武器用的次数太多反而失去同情则确是事实。

"五四运动"原是一个短暂的爱国运动，热烈的，自发的，纯洁的，"如击石火，似闪电光"，因此很快就过去了。可是年轻的学生们经此刺激震动而突然觉醒了，登时表现出一股蓬蓬勃勃的朝气，好像是蕴藏压抑多年的情绪与生活力，一旦获得了迸发奔放的机会，就一发而不可收拾，沛然而莫之能御。当时以我个人所感到的而言，这一股力量在两点上有明显的表现：一是学生的组织；二是广泛的求知欲。

在这以前，学生们都是听话的乖孩子，对权威表示服从，对教师表示尊敬，对职员表示畏惧。我刚到清华的时候，见到校长周寄梅先生真觉得战战兢兢，他自有一种威仪使人慑服，至今我仍然觉得他有极好的风度，在我所知道的几任清华校长之中，他是最令大家佩服的一个。学校的组织与规程，尽管有不合理处，学生们不敢批评，更不敢有公然反抗的举动。除了对国文教师常有轻慢的举动以外，学生对一般教师是恭顺的。无论教师多么不称职，从没有被学生驱逐的。在中等科时，一位国文先生酒醉，拿竹板打了学生的手心，教务长来抢走了竹板，事情也就平息了，这事情若发生在今天那还了得！清华管理严格，记过、开除是经常有的事，一纸开除的布告贴出，学生乖乖地卷铺盖，只有一次例外。我同班的一位万同学，因故被开除，他跑到海淀喝了一瓶莲花白，红头涨脸地跑回来，正值斋务主任李胡子在饭厅和学生们一起用膳，就在大庭广众之下，上去一拳把他打倒在地，这是绝无仅有的一次犯上作乱的精彩表演。

"五四运动"以后情形完全不同了。首先要说起学校当局之颟顸无能，当局糊涂到用关灭电灯的方法来阻止学生开会，召进乡间的"小锣会"打着灯笼、拿着棍棒到学校里来弹压学生，这如何能令学生心服？周校长以后的几任校长，都是外交部派来的闲散的外交官，在做官方面也许是内行的，但是平素学问道德未必能服人，遇到这动荡时代更不懂得青年心理，当然是治丝益棼，使事态恶化。数年之内，清华数易校长，每一位都是在极狼狈的情形之下离去的。学生的武器便是他们的组织——学生会。从前的班长、级长都是些当局属意的"墨盒"持有人，现在学生会的领导者是些有组织能力、有担当的分子。所谓"团结即是力量"，道理是不错的。原来为了举行爱国运动而组织起来的学生会，性质逐渐扩大，目标也逐渐转移了。学生要求自治，学生也要过问学校的事。清华的学生会组织是相当健全的，分评议会与干事会两部分，评议会是决议机关，干事会是执行机关，评议员是选举的，我在清华最后几年一直是参加评议会的。我深深感觉"群众心理"是很可怕的，组织的力量如果滥用也是很可怕的。我们短短期间内驱逐的三位校长，其中有一位根本未曾到校，他的名字是罗忠治，不知什么人传出了消息说他吸食鸦片烟，于是喧嚷开来，舆论哗然，吓得他未敢到任。人多势众的时候往往是不讲理的。学生会每逢到了五六月的时候，总要闹罢课的勾当，如果有人提出罢课的主张，不管理由是否充分，只要激昂慷慨一番，总会通过。罢课曾经是赢得伟大胜利的手段，到后来成了惹人厌恶的荒唐行为。不过清华的罢课当初也不是没有远大目标的。一九二二年三月间罗隆基写了一篇《彻底翻腾的清华革命》，发表在《北京晨报》，翌年三月间由学生会印成小册，并有梁任公先生及凌冰先生的序言，一致赞成清华应有一健全的董事会，可见清华革命之说确是合乎当时各方的要求的。

嚣张是毋须讳言的，但是求知的欲望也同时变得非常旺盛，对于一切的新知都急不暇择地吸收进去。我每次进城在东安市场、劝业场、青云阁等处书摊旁边不知消磨多少时光流连不肯离去，几乎凡有新刊必定购置，不是我一人如此，多少敏感的青年学生都是如此。

我记得仔细阅读过的书刊包括：胡适的《实验主义》《尝试集》《短篇小说集》《中国哲学史》，周作人的《欧洲文学史》《域外小说集》，王星拱的《科学方法论》，潘家洵译的《易卜生戏剧》，少年中国的丛书，共学社的丛书，晨报丛书，等等。《新潮》《新青年》等杂志更不待言是每期必读的。当然，那时候学力未充，鉴别无力，自己并无坚定的见地，但是开拓眼界、充实腹笥，总是一件好事。所以我那时看的东西很杂，进化论与互助论、资本论与无政府主义、托尔斯泰与萧伯纳、罗素与柏格森、泰戈尔与王尔德，兼收并蓄，杂糅无章。没有人指导，没有人讲解，暗中摸索，有时自以为发掘到宝藏而沾沾自喜，有时全然失去比例与透视。幸而，由于我天生的性格，由于我的家庭管教，我尚能分辨出什么是稳健的康庄大道、什么是行险侥幸的邪恶小径。三十岁以后，自己知道发奋读书，从来不敢懈怠，但是求知的狂热在"五四运动"以后的那段期间仍然是无可比拟的。

因为探求新知过于热心，对于学校的正常功课反倒轻视疏忽了。基本的科学，不感兴趣，敷敷衍衍地读完一年生物学之后对于物理、化学即不再问津，这一缺憾至今无法补偿。对于数学我更没有耐心，自己给自己制造了一个借口曰："性情不近。"梁任公先生创"趣味说"，我认为正中下怀，我对数学不感兴趣，因此数学的成绩仅能勉强维持及格，而并不觉得惭怍。不但如此，在英文班上读些文学名著也觉得枯燥无味，莎士比亚的戏剧亦不能充分赏识，他的文字虽非死文字，究竟嫌古老些，哪有时人翻译出来的现代作品那样轻松？于是有人谈高尔斯华绥、萧伯纳、王尔德、易卜生，亦从而附和之；有人谈莫泊桑、柴霍甫、屠格涅夫、法朗士，亦从而附和之。如响斯应，如影斯随，追逐时尚，惶惶然不知其所届。这是"五四运动"以后之一窝蜂的现象，表面上轰轰烈烈，如花团锦簇，实际上不能免于浅薄幼稚。

七

　　清华学生全体住校，自成一个社团，故课外活动也就比较多些。我初进清华，对音乐、图画都很热心。教音乐的教师 Miss Seeley 循循善诱，仪态万千，是颇受学生欢迎的一个人。她令学生唱校歌（清华的校歌是英文的）以测验学生歌唱的能力，我一试便引起她的注意，因为我声音特高，而且我能唱出校歌两阕的全部歌词，后来我就当选为清华幼年歌咏团的团员。不知为什么在这位教师回国后就一直没有替代人，同时我的嗓音倒了之后亦未能复原，于是，从此我和音乐绝缘。教图画的教师先是一位 Miss Starr，后是一位 Miss Lyggate，教我们白描，教我们写生，炭画、水彩画，可惜的是我所喜欢的是中国画，并且到了中等科三年级也就没有图画一课了。

　　我在图画、音乐上都不得发展，兴趣便转到了写字上面去。在小学的时候教师周士菜（香如）先生教我们写草书千字文，这是白折子九宫格以外的最有趣的课外作业，我的父亲又鼓励我涂鸦，因此我一直把写字当作一种享受。我在清华八年所写的家信，都是写在特制的宣纸信笺上，每年装订为一册，全是墨笔恭楷，这习惯一直维持到留学回国为止。有一天我和同学吴卓（鹄飞）、张嘉铸（禹九）商量，想组织一个练习写字的团体，吴卓写得一笔好赵字，张嘉铸写得一笔酷似张廉卿的魏碑体，众谋金同，于是我就着手组织，征求同好。我的父亲给我们的团体起了一个名字，曰"清华戏墨社"。大字、小楷，同时并进。包世臣的《艺舟双楫》、康有为的《广艺舟双楫》成了我手边常备的参考书。我本来有早起的习惯，七点打起床钟，我六点就盥洗完毕，天蒙蒙亮我和几位同学就走进自修室，正襟危坐，磨墨伸纸，如是者两年，不分寒暑，从未间断，举行过几次展览。我最初看吴卓临赵孟頫《天冠山图咏》，见猎心喜，但是我父亲不准我写，认为应先骨骼而后妩媚，要我写颜真卿的《争座位》和柳公权的《玄秘塔》，同时供给我大量珂罗版的汉碑，主要是张迁碑、白石神君碑、孔庙碑，而以曹全碑殿后。这样临摹了两年，孤芳自赏，但愧未能持久，本无才力，终鲜功夫，至今拿起笔杆也不能运用自如，是一憾事。

清华不是教会学校，所以并没有什么宗教气氛，但是有些外国教师及一些热心的中国人仍然不忘传教。例如，查经班青年会之类均应有尽有，可是同时也有一批国粹派出面提倡孔教以为对抗。我对宗教没有兴趣，不过于耶教、孔教二者若是必须做一选择，我宁取后者，所以当时便参加了一些孔教会的活动。例如，在孔教会附设的贫民补习班和工友补习班里授课之类。不过孔子的学说根本不能构成宗教，所谓国教运动尤其讨厌。

"五四运动"以后，心情丕变。任何人在青春时期都会"怨黄莺儿作对，怪粉蝶儿成双"，都会变成一个诗人。我也在荷花池畔开始吟诗了。有一首诗就题为《荷花池畔》，后来发表在《创造季刊》第四期上，我从事文艺写作是在我进入高等科之初，起先是几个朋友（顾毓琇、张忠绂、翟桓等）在校庆日之前凑热闹翻译了一本《短篇小说作法》，这是一本没有什么价值的书，不知为何选中了它。我们的组织定名为"小说研究社"，向学校借占了一间空的寝室作为会所。后来我们认识了比我们高两级的闻一多，是他提议把小说研究社改为"清华文学社"，添了不少新会员，包括朱湘、孙大雨、闻一多、谢文炳、饶子离、杨子惠等。闻一多是个多才多艺的人，他不仅年纪比我们大两岁，在心理的成熟方面及学识修养方面，都比我们不止大两岁，我们都把他当作老大哥看待。他长于图画，而国文根底也很坚实，作诗仿韩昌黎，硬语盘空，雄浑恣肆，而情感丰富，正直无私。这时候我和一多都大量地写白话诗，朝夕观摩，引为乐事。我们对当时的几部诗集颇有一些意见，《冬夜》里有"被窝暖暖的，人儿远远的"之句，《草儿》里有"旗呀，旗呀，红、黄、蓝、白、黑的旗呀！"这样的一首，还有"如厕是早起后第一件大事"之句，我们都认为俗恶不堪，就诗论诗倒是《女神》的评价最高，基于这一点意见，一多写了一篇长文《冬夜评论》，由我寄给《北京晨报·副刊》（孙伏园编）。我们很天真，以为报纸是公开的园地，以为文艺是可以批评的，但事实并非如此。稿子寄走之后，如石沉大海，杳无音信，几番函询亦不得复音，幸亏尚留底稿，我决定自行刊印，自己又写了一篇《草儿评论》，合为《冬夜草儿评论》，薄薄的一百多页，用去印刷费百余元，是我父亲供给我的。这一小册的出版引起两个反响，一个是《努力周报》署名"哈"的一段短评，当然是冷嘲热骂；另一个是创造社《女神》作者的来信赞美。由于此一契机让我认识了创造社诸君。

有一次暑中我送母亲回杭州，路过上海，到了哈同路民厚南里，见到郭、郁、成几位，我惊讶的不是他们生活的清苦，而是他们生活的颓废，尤以郁为最。他们引我从四马路的一端，吃大碗的黄酒，一直吃到另一端，在大世界追野鸡，在堂子里打茶围，这一切对于一个清华学生是够恐怖的。后来郁达夫到清华来看我，要求我两件事，一是访圆明园遗址，二是逛北京的四等窑子，前者我欣然承诺，后者则清华学生夙无此等经验，未敢奉陪（后来他找到他哥哥的洋车夫陪他去了一次，他表示甚为满意云）。

差不多同时我由于通信而认识了南京高师的胡昭佐（梦华），由于他而认识了吴宓（雨僧），后来又认识了梅光迪（迪生）、胡先辅（步青）诸位。对于南京一派比较守旧的思潮，我也有一点同情，并不想把他们一笔抹杀。

我的父亲总是担心我的国文根底不够，所以每到暑假他就要我补习国文，我的教师是仪征陈止（孝起）先生，他的别号是大镫，是一位纯旧式的名士，诗词文章无所不能，尤好收集小品古董，家里琳琅满目。我隔几天送一篇文章请他批改，偶然也作一点旧诗。但是旧文学虽然有趣，我可以研究欣赏，却无模拟的兴致，受过"五四运动"洗礼的人是不能再回复到以前的那个境界里去了。

八

临毕业前一年是最舒适的一年，能够搬到向往已久的大楼里面去住，别是一番滋味。这一部分的宿舍有较好的设备，床是钢丝的，屋里有暖气炉，厕所里面有淋浴有抽水马桶。不过也有人不能适应抽水马桶，以为做这种事而不采取蹲的姿势是无法完成任务的（我知道顾德铭即是其中之一，他一清早就要急急忙忙跑到中等科去照顾那九间楼），可见吸收西方文化也并不简单，虽然绝大多数的人是乐于接受的。

和我同寝室的是顾毓琇、吴景超、王化成，四个少年意气扬扬共居一室，曾经合照过一张相片，坐在一条长凳上，四副近视眼镜，四件大长袍，四双大皮鞋，四条跷起来的大腿，一派生愣的模样。过了二十年，我们四个在重庆偶然聚首，又重照了一张，当时大家就意识到这样的照片一生中怕照不了几张。当时约定再过二十年一定要再照一张，现在拍第三张的时期已过，而顾毓琇定居在美国，王化成在葡萄牙任公使多年之后病殁在美国，吴景超在大陆，四人天各一方，萍踪漂泊，再聚何年？今日我回忆四十年前的景况，恍如昨日：顾毓琇以"一樵"的笔名忙着写他的《芝兰与茉莉》，寄给文学研究会出版，我和景超每星期都要给《清华周刊》写社论和编稿。提起《清华周刊》，那也是值得回忆的事。我不知哪一个学校可以维持出版一种百八十页的周刊，历久而不停，里面有社论、有专文、有新闻、有通信信、有文艺。我们写社论常常批评校政，有一次我写了一段短评鼓吹男女同校，当然不是为私人谋，不过措辞激烈了一点，对校长之庸弱无能大肆抨击，那时的校长是曹云祥先生（好像是做过丹麦公使，娶了一位洋太太，学问道德如何我则不大清楚），大为不悦，召吴景超去谈话，表示要给我记大过一次。景超告诉他："你要处分是可以的，请同时处分我们两个，因为我们负共同责任。"结果是采官僚作风，不了了之。我喜欢文学，清华文艺社的社员经常有作品产生，不知我们这些年轻人为什么有那样大的胆量，单凭一点点热情，就能振笔直书从事创作，这些作品经由我的安排，便大量地在周刊上发表了，每期有篇幅甚多的文艺一栏自不待言，每逢节日还有特刊、副刊之类，一时文风甚盛。但这却激怒了一位同学（梅汝璈），他投来一篇文章《辟文风》，我当然给他登出来，然后再辞而辟之。我之喜欢和人辩驳问难，盖自此时始，我对于写稿和编辑刊物也都在此际得到初步练习的机会。周刊在经济方面是学校支持的，这项支出有其教育的价值。

我以《清华周刊》编者的名义，到城里陟山门大街去访问胡适之先生。原因是梁任公先生应《清华周刊》之请写了一个《国学必读书目》，胡先生不以为然，公开地批评了一番。于是我径去访问胡先生，请他也开一个书目。胡先生那一天病腿，躺在一张藤椅上见我，满屋里堆的是线装书。这是我第一次见到胡先生，清癯的面孔，和蔼而严肃，他很高兴地应了我们的请求。后来我们就把他开的书目发表在《清华周刊》上了。这个书目竟引出吴稚晖先生的一句名言："线装书应该丢到茅厕坑里去！"

我必须承认，在最后两年实在没有能好好地读书，主要的原因是心神不安，我在这时候经人介绍认识了程季淑女士，她是安徽绩溪人，刚从女子师范毕业，在女师附小教书，我初次和她会晤是在宣外珠巢街女子职业学校里，那时候男女社交尚未公开，双方家庭也是相当守旧的，我和季淑来往是秘密进行的，只能在中央公园、北海等地约期会晤。我的父亲知道我有女友，不时地给我接济，对我帮助不少。我的三妹亚紫在女师大，不久和季淑成了很好的朋友。青春初恋期间谁都会神魂颠倒，睡时，醒时，行时，坐时，无时不有一个倩影盘踞在心头，无时不感觉热血在沸腾，坐卧不宁，寝馈难安，如何能沉下心读书？"一日不见，如三秋兮！"更何况要等到星期日才能进得城去谋片刻的欢会？清华的学生有异性朋友的很少，我是极少数特殊幸运的一个。因为我们每星期日都风雨无阻地进城去会女友，李迪俊曾讥笑我们为"主日派"。

对于毕业出国，我一向视为畏途。在清华有读不完的书，有住不腻的环境，在国内有舍不得离开的人，那么又何必去父母之邦？所以和闻一多屡次商讨，到美国那样的汽车王国去，对于我们这样的人有无必要？会不会到了美国被汽车撞死为天下笑？一多先我一年到了美国，头一封来信劈头一句话便是："我尚未被汽车撞死！"随后劝我出国去开开眼界。事实上清华也还没有过毕业而拒绝出国的学生。我和季淑商量，她毫不犹豫地劝我就道，虽然我们知道那别离的滋味是很难熬的。这时候我和季淑已有成言，我答应她，三年为期，期满即行归来。于是我准备出国。季淑绣了一幅"平湖秋月图"给我，这幅绣图至今在我身边。

出国就要治装，我不明白为什么外国人到中国来不须治中装，而中国人到外国去就要治西装。清华学生平素没有穿西装的，都是布衣布褂，我有一阵还外加布袜布鞋。毕业期近，学校发一笔治装费，每人三五百元之数，统筹办理，由上海恒康西服庄派人来承办。不匝月而新装成，大家纷纷试新装，有人缺领巾，有人缺衬衣，有的肥肥大大如稻草人，有的窄小如猴子穿戏衣，真可说得上是"沐猴而冠"。这时节我怀想红顶花翎靴袍褂出使外国的李鸿章，他有那一份胆量不穿西装，虽然翎顶袍褂也并非是我们原来的上国衣冠。我有一点厌恶西装，但是不能不跟着大家走。在治装之余我特制了一面长约一丈的绸质大国旗——红黄蓝白黑的五色旗，这在后来派了很大的用场，在美国好多次集会（包括孙中山先生逝世时纽约中国人的追悼会）都借用了我这一面特大号的国旗。

到了毕业那一天（六月十七日），每人都穿上白纺绸长袍黑纱马褂，在校园里穿梭般走来走去，像是一群花蝴蝶。我毕业还不是毫无问题的，我和赵敏恒二人因游泳不及格几乎不得毕业，我们临时苦练，豁出去喝两口水，连爬带游，凑合着也补考及格了，体育教员马约翰先生望着我们两个人只是摇头。行毕业礼那天，我还是代表全班的三个登台致辞者之一，我的讲词规定是预言若干年后同学们的状况，现在我可以说，我当年的预言没有一句是应验了的！例如，谢奋程之被日军刺杀，齐学启之殉国，孔繁祁之被汽车撞死，盛斯民之疯狂以终，这些倒霉的事固然没有料到，比较体面的事如孙立人之于军事，李先闻之于农业，李方桂之于语言学，应尚能之于音乐，徐宗涑之于水泥工业，吴卓之于糖业，顾毓琇之于电机工程，施嘉场之于土木工程，王化成、李迪俊之于外交……均有卓越之成就，而当时也并未窥见端倪。至于我自己，最多是小时了了，到如今一事无成，徒伤老大，更不在话下了。毕业那一天有晚会，演话剧助兴，剧本是顾一樵临时赶编的三幕剧《张约翰》。剧中人物有女性二人，谁也不愿担任，最后由我和吴文藻承乏。我的服装有季淑给我缝制的一条短裤和短裙，但是男人穿高跟鞋则尺寸不合无法穿着，最后向 Miss Lyggate 借来一试，还累嫌松一点点。演出时我特请季淑到校参观，当晚下榻学生会办公室，事后我问她我的表演如何，她笑着说：“我不敢仰视。”事实上这不是我第一次演戏，前一年我已经演过陈大悲编的《良心》，导演人即是陈大悲先生。不过串演女角，这是生平仅有的一次。

拿了一纸文凭便离开了清华园，不知道是高兴还是哀伤。两辆人力车，一辆拉行李，一辆坐人，在骄阳下一步一步地踏向西直门。心里只觉得空虚怅惘。此后两个月中酒食征逐，意乱情迷，紧张过度，遂患甲状腺肿，眼珠突出，双手抖颤，积年始愈。

家父给了我同文书局石印大字本的前四史，共十四函，要我在美国课余之暇随便翻翻，因为他始终担心我的国文根底太差。这十四函线装书足足占我大铁箱的一半空间，这原是吴稚晖先生认为应该丢进茅厕坑里去的东西，我带过了太平洋，又带回了太平洋，差不多是原封未动交还给家父，实在好生惭愧。老人家又怕在美膏火不继，又给了我一千元钱，半数买了美金硬币，半数我在上海用掉。我自己带了一具景泰蓝的香炉，一些檀香木和粉，因为我认为这是中国文化中最好的一项代表性的艺术品，我一向向往"焚香默坐"的那种境界。这一具香炉，顶上有一铜狮，形状瑰丽，闻一多甚为欣赏，后来我在科罗拉多和他分手时便举以相赠，我又带了一对景泰蓝花瓶，后来为了进哈佛大学的缘故在暑期中赶补拉丁文，就把这对花瓶卖了五十美元充学费了。此外，我还在家里搜寻了许多绣活和朝服上的"黻子"，后来都成了最受人欢迎的礼物。

一九二三年八月里，在凄风苦雨里的一天早晨，我在院里走廊上和弟妹们吹了一阵胰子泡，随后就噙着泪拜别父母，起身到上海候船放洋。在上海停了一星期，住在旅馆里写了一篇纪实的短篇小说，题为《苦雨凄风》，刊在《创造周报》上。我这一班，在清华是最大的一班，入学时有九十多人，上船时淘汰只剩下六十多人了。登上"杰克逊总统"号的那一天，船靠在浦东，创造社的几位到码头上送我。住在嘉定的一位朋友派人送来一面旗子，上面绣了"乘风破浪"四个字。其实我哪里有宗悫的志向？我愧对那位朋友的期望。

清华八年的生涯就这样地结束了。

北平的冬天

说起冬天，不寒而栗。

我是在北平长大的。北平冬天好冷。过中秋不久，家里就忙着过冬的准备，作"冬防"。阴历十月初一屋里就要生火，煤球、硬煤、柴火都要早早打点。其中摇煤球是一件大事。一串骆驼驮着一袋袋的煤末子到家门口，煤黑子把煤末子背进门，倒在东院里，堆成好高的一大堆。然后等着大晴天，三五个煤黑子带着筛子、耙子、铲子、两爪钩子就来了，头上包块布，腰间褡布上插一根短粗的旱烟袋。煤黑子摇煤球的那一套手艺真不含糊。煤末子摊在地上，中间做个坑，好倒水，再加预先备好的黄土，两个大汉就搅拌起来。搅拌好了就把烂泥一般的煤末子平铺在空地上，做成一大块蛋糕似的，再用铲子拍得平平的，光溜溜的，约一丈见方。这时煤黑子已经满身大汗，脸上一条条黑汗水淌了下来，该坐下休息抽烟了。休毕，煤末子稍稍干凝，便用铲子在上面横切竖切，切成小方块，像厨师切菜、切萝卜一般手法伶俐。然后坐下来，地上倒扣一个小花盆，把筛子放在花盆上，另一人把切成方块的煤末子铲进筛子，便开始摇了，就像摇元宵一样，慢慢地把方块摇成煤球。然后摊在地上晒。一筛一筛地摇，一筛一筛地晒。好辛苦的工作，孩子在一边看，觉得好有趣。

万一天色变，雨欲来，煤黑子还得赶来收拾，归拢归拢，盖上点什么，否则煤被雨水冲走，前功尽弃了。这一切他都乐为之，多开发一点酒钱便可。等到完全晒干，他还要再来收煤，才算完满，明年再见。

煤黑子实在很辛苦，大家好像并不寄予多少同情。从日出做到日落，疲乏地回家途中，遇见几个顽皮的野孩子，还不免听到孩子们唱着歌谣嘲笑他：

煤黑子，打算盘，
你妈洗脚我看见！

我那时候年纪小，好久好久都没有能明白为什么洗脚不可以令人看见。

煤球儿是为厨房大灶和各处小白炉子用的，就是再穷苦不过的人家也不能不预先储备。有"洋炉子"的人家当然要储备的还有大块的红煤、白煤，那也是要砸碎了才能用，也需一番劳力的。南方来的朋友们看到北平家家户户忙"冬防"，觉得奇怪，他们不知道北平冬天的厉害。

一夜北风寒，大雪纷纷落，那景致有得瞧的。但是有几个人能有谢道韫女士那样从容吟雪的福分。所有的人都被那砭人肌肤的朔风吹得缩头缩脑，各自忙着做各自的事。我小时候上学，背的书包倒不太重，只是要带墨盒很伤脑筋，必须平平稳稳地拿着，否则墨汁要洒漏出来，后果不堪设想。有几天还要带写英文字的蓝墨水瓶，就更加恼人了。如果伸手提携墨盒、墨水瓶，手会冻僵，手套都没有用。我大姐给我用绒绳织了两个网子，一装墨盒，一装墨水瓶，同时给我做了一副棉手筒，两手伸进筒内，提着从一个小孔塞进的网绳，于是两手不暴露在外而可提携墨盒、墨水瓶了。饶是如此，手指关节还是冻得红肿，奇痒。脚后跟生冻疮更是稀松平常的事。临睡时母亲会为我们备热水烫脚，然后钻进被窝，这才觉得一日之中尚有温暖存在。

北平的冬景不好看么？那倒也不。大清早，榆树顶的干枝上经常落着几只乌鸦，呱呱地叫个不停，好一幅古木寒鸦图！但是还不及西安城里的乌鸦多。北平喜鹊好像不少，在屋檐房脊上吱吱喳喳地叫，翘着的尾巴倒是很好看的，有人说它是来报喜，我不知喜自何来。麻雀很多，可是竖起羽毛像披蓑衣一般，在地面上蹦蹦跳跳地觅食，一副可怜相。不知什么人放鸽子，一队鸽子划空而过，盘旋又盘旋，白羽衬青天，哨子呼呼响。又不知是哪一家放风筝，沙雁蝴蝶龙睛鱼，弦弓上还带锣鼓。隆冬之中也还点缀着一些情趣。

过新年是冬天生活的高潮。家家贴春联、放鞭炮、煮饺子、接财神。这其实是孩子们狂欢的季节，换新衣裳、磕头、逛厂甸儿，流着鼻涕举着琉璃喇叭大沙雁儿。五六尺长的大糖葫芦，糖稀上沾着一层尘沙。北平的尘沙来头大，是从蒙古戈壁大沙漠刮来的，平时真是胡尘涨宇，八表同昏。脖领里、鼻孔里、牙缝里，无往不是沙尘。这才是真正的北平冬天的标志。愚夫愚妇们忙着逛财神庙、白云观去会神仙，甚至赶妙峰山进头炷香，事实上无非是在泥泞沙尘中打滚而已。

在北平，裘马轻狂的人固然不少，但是极大多数的人到了冬天都是穿着粗笨臃肿的大棉袍、棉裤、棉袄、棉背心、棉套裤、棉风帽、棉毛窝、棉手套。穿丝棉的是例外。至若拉洋车的、挑水的、淘粪的、换洋取灯儿的、换肥子儿的、抓空儿的、打鼓儿的……哪一个不是衣裳单薄，在寒风里打颤？在北平的冬天，一眼望出去，几乎到处是萧瑟贫寒的景色，无须走向粥厂门前就能体会到什么叫作饥寒交迫的境况。北平是大地方，从前是辇毂所在，后来也是首善之区，但也是"朱门酒肉臭，路有冻死骨"的地方。

北平冷，其实有比北平更冷的地方。我在沈阳度过两个冬天，房屋双层玻璃窗，外层凝聚着冰雪，内层若是打开一个小孔，冷气就逼人而来。马路上一层冰一层雪，又一层冰一层雪，我有一次去赴宴，在路上连跌了两跤，大家认为那是寻常事。可是也不容易跌断腿，衣服穿得多。一位老友来看我，觌面却不相识，因为他的眉毛须发全都结了霜！街上看不到一个女人走路。路灯电线上踞着一排鸦雀之类的鸟，一声不响，缩着脖子发呆，冷得连叫的力气都没有。更北的地方如黑龙江，一定冷得更有可观。北平比较起来不算顶冷了。

冬天实在是很可怕。诗人说："如果冬天来到，春天还会远吗？"但愿如此。

北平年景

　　过年须要在家乡里才有味道。羁旅凄凉，到了年下只有长吁短叹的份儿，哪里还能有半点欢乐的心情？而所谓家，至少要有老小二代，若是上无双亲，下无儿女，剩下伉俪一对，大眼瞪小眼，相敬如宾，还能制造什么过年的气氛？北平远在天边，徒萦梦想，童时过年风景，尚可回忆一二。

　　祭灶过后，年关在迩。家家忙着把锡香炉、锡蜡签、锡果盘、锡茶托，从蛛网尘封的箱子里取出来，做一年一度的大擦洗。宫灯、纱灯、牛角灯，一齐出笼。年货也是要及早备办的，这包括厨房里用的干货，拜神祭祖用的苹果、干果等，屋里供养的牡丹、水仙，孩子们吃的粗细杂拌儿。蜜供是早就在白云观订制好了的，到时候用纸糊的大筐篓一碗一碗装着送上门来。家中大小，出出进进，如中风魔。主妇当然更有额外负担，要给大家置备新衣、新鞋、新袜、大衫，尽管是布鞋、布袜、布大衫，总要上下一新。

　　祭祖先是过年的高潮之一。祖先的影像悬挂在厅堂之上，都是七老八十的，有的撇嘴微笑，有的金刚怒目，在香烟缭绕之中，享用蒸禋。这时节孝子贤孙叩头如捣蒜，其实亦不知所为何来，慎终追远的意思不能说没有，不过大家忙的是上供。拈香、点烛、磕头，紧接着是撤供，围桌吃年夜饭，来不及慎终追远。

"吃"是过年的主要节目。年菜是标准化了的，家家一律。人口旺的人家要进全猪，连下水带猪头，分别处理下咽。一锅炖肉，加上蘑菇是一碗，加上粉丝又是一碗，加上山药又是一碗，大盆的芥末墩儿、鱼冻儿、肉皮辣酱，成缸的大腌白菜、芥菜疙瘩——管够。初一不动刀，初五以前不开市，年菜非囤积不可，结果是年菜等于剩菜，吃倒了胃口而后已。

"好吃不过饺子，舒服不过倒着。"这是乡下人说的话。北平人称饺子为"煮饽饽"，城里人也把煮饽饽当作好东西，除了除夕宵夜不可少的一顿之外，从初一至少到初三，顿顿煮饽饽，直把人吃得头晕脑涨。这种疲劳填充的方法颇有道理，可以使你长期不敢再对煮饽饽妄动食指，直等到你淡忘之后明年再说。除夕宵夜的那一顿还有考究，其中一只要放一块银币，谁吃到那一只主交好运。家里有老祖母的，年年都是她老人家幸运地一口咬到，谁都知道其中做了手脚，谁都心里有数。

孩子们须要循规蹈矩，否则便成了野孩子，唯有到了过年时节可以沐恩解禁，任意地做孩子状。除夕之夜，院里撒满了芝麻秸儿，孩子们践踏得咯吱咯吱响是为"踩岁"。闹得精疲力竭，睡前给大人请安，是为"辞岁"。大人摸出点什么作为赏赍，是为"压岁"。

新正是一年复始，不准说丧气话，见面要道一声"新禧"。房梁上有"对我生财"的横批，柱子上有"一入新春万事如意"的直条，天棚上有"紫气东来"的斗方，大门上有"国恩家庆人寿年丰"的对联。墙上本来不大干净的，还可贴上几张年画，什么"招财进宝""肥猪拱门"，都可以收补壁之效。自己心中想要获得的，写出来画出来贴在墙上，俯仰之间仿佛如意算盘业已实现了！

好好的人家是没有赌博的。打麻将应该到八大胡同去，在那里有上好的骨牌、硬木的牌桌，还有佳丽环列。但是过年则几乎家家开赌，推牌九、状元红，呼么喝六，老少咸宜。赌禁的开放可以延长到元宵，这是唯一的家庭娱乐。孩子们玩花炮是没有腻的。九隆斋的大花盒，七层的、九层的，花样翻新，直把孩子看得瞠目结舌。"冲天炮""二踢脚""太平花""飞天七响""炮打襄阳"，还有我们自以为值得骄傲的可与火箭媲美的"旗火"，从除夕到天亮彻夜不绝。

街上除了油盐店门上留个小窟窿外，商店都上板，里面常是锣鼓齐鸣，狂擂乱敲，无板无眼，据说是伙计们在那里发泄积攒了一年的怨气。大姑娘、小媳妇搽脂抹粉地全出动了，三河县的老妈儿都在头上插一朵颤巍巍的红绒花。凡是有大姑娘、小媳妇出动的地方，就有更多的毛头小伙子乱钻乱挤。于是厂甸挤得水泄不通，海王村里除了几个露天茶座坐着几个直流鼻涕的小孩之外没有什么可看，但是入门处能挤死人！火神庙里的古玩、玉器摊，土地祠里的书摊、画棚，看热闹的多，买东西的少。赶着天晴雪霁，满街泥泞，凉风一吹，又滴水成冰，人们在冰雪中打滚，甘之如饴。"喝豆汁儿，就咸菜儿，琉璃喇叭大沙雁儿"，对于大家还是有足够的诱惑。此外，如财神庙、白云观、雍和宫，都是人挤人、人看人的局面，去一趟把鼻子、耳朵冻得通红。

新年狂欢拖到十五。但是我记得有一年提前结束了几天，那便是民国元年，阴历的正月十二日。在普天同庆声中，中华民国第一任大总统袁世凯先生唆使北军第三镇曹锟驻禄米仓部队哗变，掠劫平津商民两天。开国后这第一个惊人的年景使我到如今也不能忘怀。

正月十二

民国元年二月，正是阴历辛亥年的年下，那时我十岁，刚剪下小辫儿不久。北平风俗过年，通常是从十二月二十三日祭灶起，一直到正月十五灯节为止，足足要热闹半个多月。那一年的阴历新春正月十二日是阳历二月几日，我已记不清楚，不过那个阴历的正月十二日却是所有北平人都不会忘记的一个日子。这个日子距今已经六十年了，但那一天发生的事想起来如在目前。

每逢过年，自除夕起，我家里便开赌戒。家里根本没有麻将牌，只听说过，也没见过。我到二十多岁才初次看到别人做"方城戏"。所谓开赌戒，不过是从父亲锁着的抽屉里取出一个小包包，打开包包取出一个象牙盒，打开盒子取出六颗骨头做的骰子，然后把骰子放在一只大海碗里，全家大小十口围着上屋后炕上的桌子哗啦哗啦地掷状元筹，如是而已。就是每个人下三十二个铜板的赌注，堆在大碗周围，然后轮流抓起骰子一掷，呼卢喝雉，也能领略到一点赌徒们所特有的紧张与兴奋。正月十二那天晚上，大家饭后不期而集，围着后炕桌子，赌兴正酣，忽然听到一阵噼噼啪啪的响声，大家一愣。爆竹一声除旧，快吃元宵了，还放什么鞭炮？父亲沉下了脸，皱起眉头说："不对，这声音太尖太脆，怕不是爆竹。"正惊讶间，乒乒乓乓的声音更紧凑更响亮了。当然比爆炒豆的声音大得多，而且偶然听到划破天空呼啸而过的嘶响。

我父亲推开赌碗，跑到西厢房去打德律风。德律风者，那时的电话之称，安装在墙上，庞然大物，呜呜地摇半天才能叫号通话。德律风打到京师警察厅，那边的朋友说，兵变了，拱卫京师的曹锟部下陆军第三镇驻扎在东城城根儿禄米仓的士兵哗变了！未得其详，电线中断，随后电灯也灭了，一片黑暗。禄米仓离我家不远，怪不得枪声那么清脆可闻。

枪声越来越密，比除夕热闹多了。东南方火光冲天，把半边天照得通亮，火星飞舞，像是有人在放特大号"太平花"。后来知道这是变兵劫掠东安市场，顺手放一把火示威。这时候天上疏疏落落地掉下了一些雨点，有人说是天哭了！胡同里出奇地寂静，没有人声。

我父亲要我们大家戒备，各自收拾东西。家里没有什么细软，但是重要契据、文件打了两个小包袱。我们弟兄姊妹每人都有一点体己。我有一个绒制小口袋，原是装巧克力的，是祁罗福洋行老板送给我的，我二姊说那种黑不溜秋的糖像猴屎，不会好吃，我就把糖果抛弃，留下那只口袋装钱，全部积蓄有三十几块。我把口袋放在桌上，若有个风吹草动，预备抓起口袋就跑。

胡同里有了呼唤声、脚步声，由远而近，嘈嘈杂杂，像潮水涌来。家门口响起两声枪，子弹打在门上，门皮比较厚，没有打穿，随后又有砸门声。看门的南二慌慌张张地跑进里院，大喊："来了，来了！"我们立刻集中到后院，搬梯子，翻墙，躲在墙外邻家的天沟上。打杂的佣人辛二仓皇中躲进了跨院的煤堆后面，幸亏有他留在地面，发生了很大的作用。变兵打不开大门，就爬电线杆翻入临街的后窗，然后开启大门放进大批的弟兄。据估量，进来的大兵至少有十个八个，因为他们搜劫东西之后抛下的子弹一排排的不在少数。算是洗劫，不过洗得不干净，一来没有电灯照明，二来缺乏经验不大知道挑拣，三来每人只有两只手拿不了许多，抢劫历时约二三十分钟，呼啸而出，临去还放几枪留念。煤堆后面的辛二听得没有响动，才蹑手蹑脚地出来先关上大门，然后喊我们下地。比兵劫更可怕的是地痞流氓乘机接着抢掠，他们抢起来是穷凶极恶、细大不捐，真能把一家的东西搬光，北平语谓之"扫营儿"。辛二把大门一关，扫营一幕幸而得免。

事后我们检查，损失当然很重，不过也有很多东西该拿而没有拿，不该拿而拿了的。我的那一小袋储蓄，我临时忘携带，平白地奉献了。北平住家的人，家里没有多少贵重物品，箱柜桌椅之类死沉死沉的，抬也抬不动，所以大兵进宅顶多打开钱柜（北平家家都有的木箱形上面开盖的那种钱柜），拿去几十包放在钱板子上的铜板，运气好些的再拿去几只五十两一个的银元宝，再不就是从墙上表盒里拿去十个二十个形形色色的怀表。古玩陈设，他们不识货，只知道拣大个的拿。所以变兵真正的大发利市，另有两种去处，一个是当铺，另一个是票庄。前者有物资，后者有现款。大票庄、大当铺都集中在东城，几乎无一幸免，而且有比较黑心的掌柜于劫掠之后自己放一把火，浑水摸鱼。从此票庄完全消灭，大当铺也不复昔日的繁荣，多少和票庄、当铺保有密切关系的中产阶级家庭，也从此一蹶不振而中落了。

变兵在东城闹了一夜，黎明波及西城。东城只剩下一般宵小纷纷做扫营的工作。我从大门缝往外看，看见一位苦哈哈抱着一只很大很大的百鹿敦，踽踽而行。路面冰冻，一不小心跌了一跤，敦破，撒在地上的是一堆白米！变兵少数在城内逗留，大部分出西直门而去。这时候驻扎在张家口的姜桂题部下的军队（号称"毅军"）奉命开来平乱。正遇见大队变兵，于是大举歼灭。可怜的人，辛苦了一夜，命在须臾。城里面的地痞流氓正在得意忘形自由行动，想不到突然间有人来执法以绳，于是又有不少的人头挂在高竿之上了。我和哥哥商量，想出去看看人头，父母不准我们去。后来看到了照片，那样子很难看。

戏剧性的一场灾祸在新年演出，幕启幕落都十分突兀。那些放枪的、扫营的，不过是跑龙套的而已。演重头戏的是曹锟，而发纵指使的是民国第一任总统袁世凯。他当选总统而不欲南下就职，为寻求借口，于是导演了这样的一出独幕闹剧，为几十万北平居民作新春点缀！尔后又有一出新华春梦、一出贿买大选，丑戏连台，实在不足为怪，我们应该早看出一点头绪。

过　年

　　我小时候并不特别喜欢过年，除夕要守岁，不过十二点不能睡觉，这对一个习惯早睡的孩子是一种煎熬。前庭后院挂满了灯笼，又是宫灯，又是纱灯，烛光辉煌，地上铺了芝麻秸儿，踩上去咯咯吱吱响，这一切当然有趣，可是寒风凛冽，吹得小脸儿通红，也就很不舒服。炕桌上呼卢喝雉，没有孩子的份。压岁钱不是白拿，要叩头如捣蒜。大厅上供着祖先的影像，长辈指点曰："这是你的曾祖父，曾祖母，高祖父，高祖母……"虽然都是岸然道貌微露慈祥，我尚不能领略慎终追远的意义。"姑娘爱花小子要炮……"我却怕那大麻雷子、二踢脚子。别人放鞭炮，我躲在屋里捂着耳朵。每人分一包杂拌儿，哼，看那桃脯、蜜枣沾上的一层灰尘，怎好往嘴里送？年夜饭照例是特别丰盛的。大年初一不动刀，大家歇工，所以年菜事实上即是大锅菜。大锅的炖肉，加上粉丝是一味，加上蘑菇又是一味；大锅的炖鸡，加上冬笋是一味，加上番薯又是一味，都放在特大号的锅、罐子、盆子里，此后随取随吃，大概历十余日不得罄，事实上是天天打扫剩菜。满缸的馒头，满缸的腌白菜，满缸的咸疙瘩，不知道什么时候才可以见底。芥末墩儿、素面筋、十香菜比较受欢迎。除夕夜，一交子时，煮饽饽就端上来了。我困得低枝倒挂，哪有胃口去吃？胡乱吃两个，倒头便睡，不知东方之既白。

初一起得特别早，梳小辫儿，换新衣裳，大棉袄加上一件新蓝布罩袍、黑马褂、灰鼠绒绿鼻脸儿的靴子。见人就得请安，口说"新禧"。日上三竿，骡子轿车已经套好，跟班的捧着拜匣，奉命到几家最亲近的人家拜年去也。如果运气好，人家"挡驾"，最好不过，递进一张帖子，掉头就走。否则一声"请"，便得登堂入室，至少要朝上磕三个头才算礼成。这个差事我当过好几次，从心坎儿里觉得窝囊。

民国前一两年，我的祖父母相继去世，由我父亲领导在家庭生活方式上做维新运动，革除了许多旧习，包括过年的仪式在内。我不再奉派出去挨门磕头拜年。我从此不再是磕头虫儿。过年不再做年菜，而向致美斋定做八道大菜及若干小菜，分装四个圆笼，除夕日挑到家中，自己家里也购备一些新鲜菜蔬以为辅佐。一连若干天顿顿吃煮饽饽的怪事也不再在我家出现。我父亲说："我愿在哪一天过年就在哪一天过年，何必跟着大家起哄？"逛厂甸，我们是一定要去的，不是为了喝豆汁儿、吃煮豌豆，或是那大糖葫芦，是为了要到海王村和火神庙去买旧书。白云观我们也去过一次，一路上吃尘土，庙里面人挤人，哪里有神仙可会，我再也不做第二次想。过年时，我最难忘的娱乐之一是放风筝，风和日丽的时候，独自在院子里挑起一根长竹竿，一手扶竿，一手持线桄子，看着风筝冉冉上升，御风而起，一霎时遇到罡风，稳稳地停在半天空，这时候虽然冻得涕泗横流，而我心滋乐。

民国元年初，大总统袁世凯嗾曹锟驻禄米仓部队兵变，大掠平津，那一天正是阴历正月十二，给万民欢鸯的新年假期做了一个悲惨而荒谬的结束，从此每到新年我心里就有一个驱不散的阴影。大家都说恭贺新禧，我却不知喜从何来。

北平的街道

　　"无风三尺土，有雨一街泥"，这是北平街道的写照。也有人说，下雨时它像大墨盒，刮风时又像大香炉，亦形容尽致。像这样的地方，还值得去想念吗？但不知道为什么，我时常忆起北平街道的景象。

　　北平苦旱，街道又修得不够好，大风一起，迎面而来，又黑又黄的尘土兜头撒下，顺着脖梗子往下灌，牙缝里会积存沙土，咯吱咯吱地响，有时候还夹杂着小碎石子，打在脸上挺痛，迷眼睛更是常事，这滋味不好受。下雨的时候，大街上有时候积水没膝，有一回洋车打天秤，曾经淹死过人，小胡同里到处是大泥塘，走路得靠墙，还要留心泥水溅个满脸花。我小时候每天穿行大街小巷上学下学，深以为苦，长辈告诫我说，不可抱怨，从前的道路不是这样子，甬路高与檐齐，上面是深刻的车辙，那才令人视为畏途。这样退一步想，当然痛快一些。事实上，我也赶上了一部分当年交通困难的盛况。我小时候坐轿车出前门是一桩盛事，走到棋盘街，照例是"插车"，拥塞难行，前呼后骂，等得人心焦，常常要一小时以上才有松动的迹象。最难堪的是这一带路上铺厚石板，年久磨损露出很宽很深的缝隙，真是豁牙露齿，骡车马车行走其间，车轮陷入缝隙，左一歪右一倒，就在这一步一倒之际脑袋上会碰出核桃大的包，左右各一个。这种情形后来改良了，前门城洞由一个变四个，路也拓宽，石板也取消了，更不知是什么人做了一大发明，"靠左边走"。

北平城是方方正正地坐北朝南，除了为象征"天塌西北地陷东南"缺了两个角之外没有什么不规则形状，因此街道也就显得横平竖直四平八稳。东四、西四、东单、西单，四个牌楼把据四个中心点，巷弄鳞次栉比，历历可数。到了北平不容易迷途者以此。从前皇城未拆，从东城到西城需要绕过后门，现在打通了一条大路，经北海团城而金鳌玉蛛，雕栏玉砌，风景如画。是北平城里最漂亮的道路。向晚驱车过桥，左右目不暇接。城外还有一条极有风致的路，便是由西直门通到海淀的那条马路，夹路是高可数丈的垂杨，一棵挨着一棵，夏秋之季，蝉鸣不已，柳丝飘拂，夕阳西下，景色幽绝。我小时候读书清华园，每星期往返这条道上，前后八年，有时骑驴，有时乘车，这条路给我的印象太深了。

北平街道的名字，大部分都有风趣，宽的叫"宽街"，窄的叫"夹道"，斜的叫"斜街"，短的有"一尺大街"，方的有"棋盘街"，曲折的有"八道湾""九道湾"，新辟的叫"新开路"，狭隘的叫"小街子"，低下的叫"下洼子"，细长的叫"豆芽菜"。有许多因历史沿革的关系意义已经失去。例如，"琉璃厂"已不再烧琉璃瓦而变成书业集中地，"肉市"已不卖肉，"米市胡同"已不卖米，"煤市街"已不卖煤，"鹁鸽市"已无鹁鸽，"缸瓦厂"已无缸瓦，"米粮库"已无粮库。更有些路名称稍嫌俚俗，其实俚俗也有俚俗的风味，不知哪位缙绅大人自命风雅，擅自改为雅驯一些的名字。例如，"豆腐巷"改为"多福巷"，"小脚胡同"改为"晓教胡同"，"劈柴胡同"改为"辟才胡同"，"羊尾巴胡同"改为"羊宜宾胡同"，"裤子胡同"改为"库资胡同"，"眼乐胡同"改为"演乐胡同"，"王寡妇斜街"改为"王广福斜街"。民初警察厅有一位刘勃安先生，写得一手好魏碑，搪瓷制的大街小巷的名牌全是出自此君之手笔。幸而北平尚没有纪念富商显要以人名为路名的那种作风。

北平，不比十里洋场，人民的心理比较保守，沾染的洋习较少较慢。东交民巷是特殊区域，里面的马路特别平，路灯特别亮，楼房特别高，打扫得特别干净，但是望洋兴叹与鬼为邻的北平人却能视若无睹，见怪不怪。北平人并不对这一块自感优越的地方投以艳羡的眼光，只有二毛子准洋鬼子才直眉瞪眼地往里面钻。地道的北平人，提着笼子架着鸟，宁可到城根儿去溜达，也不肯轻易踱进那一块瞧着令人生气的地方。

北平没有逛街之一说。一般说来，街上没有什么可逛的。一般的铺子没有窗橱，因为殷实的商家都讲究"良贾深藏若虚"，好东西不能摆在外面，而且买东西都讲究到一定的地方去，用不着在街上浪荡。要散步嘛，到公园北海、太庙、景山去。如果在路上闲逛，当心车撞，当心泥塘，当心踩一脚屎！要消磨时间嘛，上下三六九等，各有去处，在街上遛馊腿最不是办法。

当然，北平也有北平的市景，闲来无事偶然到街头看看，热闹之中带着悠闲也蛮有趣。有购书癖的人，到了琉璃厂，从厂东门到厂西门可以消磨整个半天，单是那些匾额招牌就够欣赏许久，一家书铺挨着一家书铺，掌柜的肃客进入后柜，翻看各种图书版本，那真是一种享受。

北平的市容，在进步，也在退步。进步的是物质建设，诸如马路行人道的拓宽与铺平，退步的是北平特有的情调与气氛逐渐消失褪色了。天下一切事物没有不变的，北平岂能例外？

猫的故事

猫很乖，喜欢偎傍着人，有时又爱蹭人的腿、闻人的脚。唯有冬尽春来的时候，猫叫春的声音颇不悦耳，呜呜的一声一声地吼，然后突然地哇咬之声大作，稀里哗啦的，铿天地而恸神祇。这时候你休想安睡。所以有人不惜昏夜，起床持大竹竿而追逐之。相传有一位和尚作过这样的一首诗："猫叫春来猫叫春，听它愈叫愈精神。老僧亦有猫儿意，不敢人前叫一声。"这位师父富有同情心，想来不至于抡大竹竿子去赶猫。

我的家在北平的一个深巷里。有一天，冬夜荒寒，卖水萝卜的、卖硬面饽饽的都过去了，除了值更的梆子遥远的响声，可以说是万籁俱寂。这时候屋瓦上"噑"的一声猫叫了起来，时而如怨如诉，时而如詈如詈，然后一阵跳踉，蹿到另外一间房上去了，往返跳跃，搅得一家不安。如是者数日。

北平的窗子是糊纸的，窗棂不宽不窄正好容一只猫儿出入，只消它用爪一划，即可畅通无阻。在春暖时节，有一夜，我在睡梦中好像听到小院书房的窗纸响，第二天发现窗棂上果然撕破了一个洞，显然是有野猫钻了进去。大概是饿极了，进去捉老鼠。我把窗纸补好。不料第二天猫又来，仍从原处出入，这就使我有些不耐烦，一之已甚，岂可再乎？第三天又发生同样的情形，而且把书桌、书架都弄得凌乱不堪，书桌上印了无数的梅花印，我按捺不住了。我家的厨师是一个足智多谋的人，除了调和鼎鼐之外还贯通不少的左道旁门，他因为厨房里的肉常常被猫拖拉到灶下，鱼常被猫叼着上了墙头，怀恨于心，于是殚智竭力，发明了一个简单而有效的捕猫方法：用铁丝一根，在窗棂上猫经常出入之处钉一个铁钉，铁丝一端系牢在铁钉之上，另一端在铁丝上做一活扣，使铁丝做圆箍形，把圆箍伸缩到适度大小放在窗棂上，便诸事完备，静待活捉。猫蹿进屋的时候前腿伸入之后身躯势必触到铁丝圆箍，于是正好套在身上，活生生悬在半空，越挣扎则圆箍越紧。厨师看我为猫所苦无计可施，遂自告奋勇为我在书房窗上装置了这么一个机关。我对他起初并无信心，姑妄从之。但是当天夜里居然有了动静。早晨起来一看，一只瘦猫奄奄一息地赫然挂在那里！

厨师对于捉到的猫向来执法如山，不稍宽假，我看了猫的那副可怜相，直为它缓颊。结果是从轻发落予以开释。但是厨师坚持不能不稍予膺惩，即在猫身上原来的铁丝上系上一只空罐头瓶，开启街门放它一条生路。只见猫一溜烟似的稀里哗啦地拖着罐头瓶绝尘而去，像是新婚夫妇的汽车之离教堂去度蜜月。跑得越快，罐头瓶响声越大，猫受惊乃跑得更快，惊动了好几条野狗在后面追赶，黄尘滚滚，一瞬间出了巷口往北而去。它以后的遭遇如何我不知道，我心想它吃了这个苦头以后绝对不会再光顾我的书房。窗户纸重新糊好，我准备高枕而眠。

当天夜里，听见铁罐响，起初是在后院砖地上哗啷哗啷地响，随后像是有东西提着铁罐猱升跨院的枣树，终乃在我的屋瓦上作响。屋瓦是一垄一垄的，中有小沟，所以铁罐越过瓦垄的声音是咯噔咯噔的，清晰可辨。我打了一个冷战，难道是那只猫的阴魂不散？它拖着铁罐子跑了一天，藏躲在什么地方，终于夤夜又复光临寒舍？我家究竟有什么东西值得使它这样地念念不忘？

哗啷一声，铁罐坠地，显然是铁丝断了。几乎同时，"噗"的一声，猫顺着我窗前的丁香树也落了地。它低声地呻吟了一声，好像是初释重负后的一声叹息。随后我书房的窗纸又被撕破了——历史重演。

这一回我下了决心，我如果再度把它活捉，要用重典，不是系一个铁罐就能了事。我先到书房里去查看现场，情况有一些异样，大书架接近顶棚最高的一格有几本书撒落在地上。倾耳细听，书架上有呼噜呼噜的声音。猫怎么找到了这个地方来酣睡？我搬了高凳爬上去窥视，吓我一大跳，原来是那只瘦猫拥着四只小猫在喂奶！

四只小猫是黑白花的，咕咕容容地在大猫的怀里乱挤，好像眼睛还没有睁开，显然是出生不久。如果在车船上遇到有妇人生产，照例被视为喜事，母子好像都可以享受好多的优待。我的书房里如今喜事临门，而且一胎四个，我原来的一腔怒火消去了不少。天地之大德曰生，这道理本该普及于一切有情。猫为了它的四只小猫，不顾一切地冒着危险回来喂奶，伟大的母爱实在是无以复加!

　　猫的秘密被我发现，感觉安全受到了威胁，一夜的工夫它把四只小猫都叼离了书房，不知运到什么地方去了。

唐人自何处来

我二十二岁从清华学校毕业，是年夏，全班数十名同学搭"杰克逊总统"号由沪出发，于九月一日抵达美国西雅图。登陆后，暂息于青年会宿舍，一大部分立即乘火车东行，只有极少数的同学留下另行候车。预备到科罗拉多泉的有王国华、赵敏恒、陈肇彰、盛斯民和我几个人。赵敏恒和我被派在一间寝室里休息。寝室里有一张大床，但是光溜溜地没有被褥，我们二人就在床上闷坐，离乡背井，心里很是酸楚。时已夜晚，寒气袭人。突然间孙清波冲入室内，大声地说：

"我方才到街上走了一趟，我发现满街上全是黄发碧眼的人，没有一个黄脸的中国人了！"

赵敏恒听了之后，哀从中来，哇的一声大哭，趴在床上抽噎。孙清波回头就走。我看了赵敏恒哭的样子，也觉得有一股凄凉之感。二十几岁的人，不算是小孩子了，但是初到异乡异地，那份感受是够刺激的。午夜过后，有人喊我们出发去搭火车，在车站看见黑人车侍提着煤油灯摇摇晃晃地喊着："全都上车啊！全都上车啊。"

车过夏安，那是怀欧明州的都会，四通八达，算是一个大站。从此换车南下便直达丹佛和科罗拉多泉了，我们在国内受到过警告，在美国火车上不可到餐车上用膳，因为价钱很贵，动辄数元，最好是沿站购买零食或下车小吃。在夏安要停留很久，我们就相偕下车，遥见小馆便去推门而入。我们选了一个桌子坐下，侍者送过菜单，我们拣价廉的菜色各自点了一份。在等饭的时候，偷眼看过去，见柜台后面坐着一位老者，黄脸黑发，像是中国人，又像是日本人。他不理我们，我们也不理他。

我们刚吃过了饭，那位老者踱过来了。他从耳朵上取下半截长的一支铅笔，在一张报纸的边上写道：

"唐人自何处来？"

果然，他是中国人，而且他也看出我们是中国人。他一定是广东台山来的老华侨。显然他不会说国语，大概是也不肯说英语，所以开始和我们笔谈。

我接过了铅笔，写道："自中国来。"

他的眼睛瞪大了，而且脸上泛起一丝笑容。他继续写道："来此何为？"

我写道："读书。"

这下子，他眼睛瞪得更大了，他收敛起笑容，严肃地向我们翘起了他的大拇指，然后他又踱回到柜台后面他的座位上。

我们到柜台边去付账。他摇摇头，摆摆手，好像是不肯收费，他说了一句话好像是："统统是唐人呀！"

我们称谢之后刚要出门，他又"喂喂"地把我们喊住，从柜台下面拿出一把雪茄烟，送我们每人一支。

我回到车上，点燃了那支雪茄。在吞烟吐雾之中，我心里纳闷，这位老者为什么不收餐费？为什么奉送雪茄？大概他在夏安开个小餐馆，很久没看到中国人，很久没看到一群中国青年，更是很久没看到来读书的中国青年人。我们的出现点燃了他的同胞之爱。时隔数十年，我仍不能忘记和我们作简短笔谈的那位唐人。

似是故人来

想我的母亲

　　父母对子女的爱，子女对父母的爱，都是神圣的。我写过一些杂忆的文字，但不曾写过我的父母，因为关于这个题目我不敢轻易下笔。小民女士曾逼我写几句话，辞不获已，谨先略述二三小事以应，然已临文不胜风木之悲。

　　我的母亲姓沈，杭州人。世居城内上羊市街。我在幼时曾侍母归宁，时外祖母尚在，年近八十。外祖父入学后，没有更进一步的功名，但是课子女读书甚严。我的母亲教导我们读书启蒙，尝说起她小时苦读的情形。她同我的两位舅父一起冬夜读书，冷得腿脚僵冻，取大竹篓一，实以败絮，三个人伸足其中以取暖。我当时听得惕然心惊，遂不敢荒嬉。我的母亲来我家时年甫十八九，以后操持家务尽瘁终身，不复有暇进修。

　　我同胞兄弟姊妹十一人，母亲的劬育之劳可想而知。我记得我母亲常于百忙之中抽空给我们几个较小的孩子们洗澡。我怕肥皂水流到眼里，又怕痒，总是躲躲闪闪，咯咯地笑个不停，母亲没有工夫和我们纠缠，随手一巴掌打在身上，边洗边打边笑。

北方的冬天冷，屋里虽然有火炉，睡时被褥还是凉似铁。尤其是钻进被窝之后，脖子后面透风，冷气便顺着脊背吹了进来。我们几个孩子睡一个大炕，头朝外，一排四个被窝。母亲每晚看到我们钻进了被窝，吱吱喳喳地笑语不停，便走过来把油灯吹熄，然后给我们一个个地把脖子后面的棉被塞紧，被窝立刻暖和起来，不知不觉地就睡着了。我不知道母亲用的是什么手法，只知道她塞棉被带给我无可言说的温暖舒适，我至今想起来还是快乐的，可是那个感受不可复得了。

我从小不喜欢喧闹。祖父母生日照例在院里搭台唱傀儡戏或滦州影戏。夜晚一过八点我便掉头而进屋睡觉。母亲得暇便取出一个大簸箩，里面装的是针线剪尺一类的缝纫器材，她要做一些缝缝补补的工作，这时候我总是一声不响地偎在她的身旁，她赶我走我也不走，有时候竟睡着了。母亲说我乖，也说我孤僻。如今想想，一个人能有多少时间可以偎在母亲身旁？

在我的儿时记忆中，母亲好像是没有时候睡觉的。天亮就要起来，给我们梳小辫是一桩大事，一根一根地梳个没完。她自己要梳头，我记得她用一把抿子蘸着刨花水，把头发弄得锃光发亮。然后她就要一听上房有动静便急忙前去当差。盖碗茶、燕窝、莲子、点心，都有人预备好了，但是需要她去双手捧着送到祖父母跟前，否则要儿媳妇做什么？在公婆面前，儿媳妇是永远站着，没有座位的。足足地站几个钟头下来，不是缠足的女人怕也受不了！最苦的是，公婆年纪大了，不过午夜不安歇，儿媳妇要跟着熬夜在一旁侍候。她困极了，有时候回到房里来不及脱衣服倒下便睡着了。虽然如此，母亲从来没有发过一句怨言。到了民元前几年，祖父母相继去世，我母亲才稍得清闲，然而主持家政、教养儿女也够她劳苦的了。她抽暇隔几年返回杭州老家去度夏，有好几次都是由我随侍。

母亲爱她的家乡。在北京住了几十年，乡音不能完全改掉。我们常取笑她。例如，北京的"京"，她说成"金"，她有时也跟我们学，总是学不好，她自己也觉得好笑。我有时学着说杭州话，她说难听死了，像是门口儿卖笋尖的小贩说的话。

我想一般人都会同意，凡是自己母亲做的菜永远是最好吃的。我的母亲平常不下厨房，但是她高兴的时候，尤其是当父亲亲自到市场买回鱼鲜或其他南货的时候，在父亲特许之下，她也欣然操起刀俎。这时候我们就有口福了。我十四岁离家到清华，每星期回家一天，母亲就特别疼爱我，几乎很例外地要给我炒一盘冬笋木耳韭菜黄肉丝，起锅时浇一勺花雕酒，这是我最喜欢的一道菜。但是这一盘菜一定要母亲自己炒，别人炒味道就不一样了。

我母亲喜欢在高兴的时候喝几盅酒。冬天午后围炉的时候，她常要我们打电话到长发叫五斤花雕，绿釉瓦罐，口上罩着一张毛边纸，温热了倒在茶杯里和我们共饮。下酒的是大落花生，若是有"抓空儿的"，买些干瘪的花生吃则更有味。我和两位姐姐陪母亲一顿吃完那一罐酒。后来我在四川独居无聊，便是一斤花生一罐茅台当作晚饭，朋友们笑我吃"花酒"，其实是我母亲留下的作风。

我自从入了清华，以后和母亲在一起的时候就少了。抗战前后各有三年曾和母亲住在一起。母亲晚年喜欢听平剧，最常去的地方是吉祥，因为离家近，打个电话给卖飞票的，总有好的座位能买到。我很后悔没能分出时间陪她听戏，只是由我的姐姐弟弟们陪她消遣。

我父亲曾对我说，我们的家所以成为一个家，我们几个孩子所以能成为人，全是靠了我母亲的辛劳维护。一九四九年以后，音信中断，直等到恢复联系，才知道母亲早已弃养，享寿九十岁。西俗，母亲节佩红康乃馨，如不确知母亲是否尚在则佩红白康乃馨各一。如今我只有佩白康乃馨的份儿了，养生送死，两俱有亏，惨痛惨痛！

我的一位国文老师

我在十八九岁的时候，遇见一位国文先生，他给我的印象最深，使我受益也最多，我至今都不能忘记他。

先生姓徐，名镜澄，我们给他取的绰号是"徐老虎"，因为他凶。他的相貌很古怪，脑袋的轮廓是有棱有角的，很容易成为漫画的对象。头很尖，秃秃的，亮亮的，脸形却是方方的，扁扁的，有些像《聊斋志异》绘图中的夜叉的模样。他的鼻子、眼睛、嘴好像是过分地集中在脸上很小的一块区域里。他戴一副墨晶眼镜，银丝小镜框，这两块黑色便成了他脸上最显著的特征。我常给他漫画，勾一个轮廓，中间点上两块椭圆形的黑块，便惟妙惟肖。他的身材高大，但是两肩总是耸得高高的，鼻尖有一些红，像酒糟似的，鼻孔里常常藏着两筒清水鼻涕，不时地吸溜着，说一两句话就要用力地吸溜一声，有板有眼有节奏，有时也忘了吸溜，走了板眼，上唇上便亮晶晶地吊出两根玉箸，他用手背一抹。他常穿的是一件灰布长袍，好像是在给谁穿孝，袍子在整洁的阶段时我没有赶得上看见，余生也晚，等我看见那袍子的时候即已油渍斑斓。他经常是仰着头，迈着八字步，两眼望青天，嘴撇得像瓢儿似的。我很难得看见他笑，如果笑起来，则是狞笑，样子更凶。

我的学校很特殊。上午的课全是用英语讲授，下午的课全是用国语讲授。上午的课很严，三日一问，五日一考，不用功便要被淘汰，下午的课稀松，成绩与毕业无关。所以每到下午上国文之类的课程，学生们便不踊跃，课堂上常是稀稀拉拉的，不大上座，但教员用拿毛笔的姿势举着铅笔点名的时候，学生却个个都到了，因为一个学生不止答一声"到"。真到了的学生，一部分从事午睡，微发鼾声，一部分看小说如《官场现形记》《玉梨魂》之类，一部分写"父母亲大人膝下"式的家书，一部分干脆瞪着大眼发呆，神游八表。有时候逗先生开玩笑。国文先生呢，大部分都是年高有德的，不是榜眼就是探花，再不就是举人。他们授课也不过是奉行故事，乐得敷敷衍衍。在这种糟糕的情形之下，徐老先生之所以凶，老是绷着脸，开口就骂人，我想大概是由于正当防卫吧。

有一天，先生大概是多喝了两盅，摇摇摆摆地进了课堂。这一堂是作文，他老先生拿起粉笔在黑板上写了两个字，题目尚未写完，当然照例要吸溜一下鼻涕，就在这吸溜之际，一位性急的同学发问了："这题目怎样讲呀？"老先生转过身来，冷笑两声，勃然大怒："题目还没有写完，写完了当然还要讲，没写完你为什么就要问？……"滔滔不绝地吼叫起来，大家都为之愕然。这时候我可按捺不住了。我一向是个上午捣乱下午安分的学生，觉得现在受了无理的侮辱，便挺身分辩了几句。这一下我可惹了祸，老先生把他的怒火都泼在我的头上了。他在讲台上来回踱着，吸溜一下鼻涕，骂我一句，足足骂了我一个钟头，其中警句甚多，我至今还记得这样的一句：

"×××！你是什么东西？我一眼把你望到底！"

这一句颇为同学们所传诵。谁和我有点争论遇到纠缠不清的时候，都会引用这一句——"你是什么东西？我一眼把你望到底！"当时我看形势不妙，也就没有再多说，让下课铃结束了先生的怒骂。

但是从这一次起，徐先生算是认识我了。酒醒之后，他给我批改作文特别详尽。批改之不足，还特别地当面加以解释，我这一个"一眼望到底"的学生，居然成为一个受益最多的学生了。

徐先生自己选辑教材，有古文，有白话，油印分发给大家。《林琴南致蔡孑民书》是他讲得最为眉飞色舞的一篇。此外，如吴敬恒的《上下古今谈》、梁启超的《欧游心影录》，以及张东荪的时事新报社论，他也选了不少。这样新旧兼收的教材，在当时还是很难得的开通的榜样。我对于国文的兴趣因此而提高了不少。徐先生讲国文之前，先要介绍作者，而且介绍得很亲切。例如，他讲张东荪的文字时，便说："张东荪这个人，我倒和他一桌吃过饭……"这样的话是相当可以使学生们吃惊的，吃惊的是，我们的国文先生也许不是一个平凡的人吧，否则怎样能够和张东荪在一桌上吃过饭！

徐先生于介绍作者之后，会朗诵全文一遍。这一遍朗诵可很有意思。他打着江北的官腔，咬牙切齿地大声读一遍，不论是古文或白话，一字不苟地吟咏一番，好像是演员在背台词，他把文字里蕴藏着的意义好像都给宣泄出来了。他念得有腔有调，有板有眼，有情感，有气势，抑扬顿挫，我们听了之后，好像是已经领会到原文意义的一半了。好文章掷地作金石声，这也许是过分夸张，但必须可以朗朗上口，那却是真的。

徐先生之最独到的地方是改作文。普通的批语"清通""尚可""气盛言宜"，他是不用的。他最擅长的是用大墨杠子大勾大抹，一行一行地抹，整页整页地勾；洋洋千余言的文章，经他勾抹之后，所余无几了。我初次经此打击，很灰心，很觉得气短，我掏心挖肝地好容易诌出来的句子，轻轻地被他几杠子就给抹了。但是他郑重地给我解释一会儿，他说："你拿了去细细地体味，你的原文是软趴趴的，冗长，懈啦咣唧的，我给你勾掉了一大半，你再读读看，原来的意思并没有失，但是笔笔都立起来了，虎虎有生气了。"我仔细一揣摩，果然。他的大墨杠子打得是地方，把虚泡囊肿的地方全削去了，剩下的全是筋骨。在这删削之间见出他的功夫。如果我以后写文章还能不多说废话，还能有一点点硬朗挺拔之气，还知道一点"割爱"的道理，就不能不归功于我这位老师的教诲。

徐先生教我许多写作文的技巧。他告诉我："作文忌用过多的虚字。"该转的地方，硬转；该接的地方，硬接。文章便显着朴拙而有力。他告诉我，文章的起笔最难，要突兀矫健，要开门见山，要一针见血，才能引人入胜，不必兜圈子，不必说套语。

他又告诉我，说理说至难解难分处，来一个譬喻，则一切纠缠不清的疑难都迎刃而解了，何等经济，何等手腕！诸如此类的心得，他传授我不少，我至今受用。

我离开先生已将近五十年了，未曾与先生一通音信，不知他云游何处，听说他早已归道山林了。同学们偶尔还谈起"徐老虎"，我于回忆他的音容之余，不禁还怀着怅惘敬慕之意。

辜鸿铭先生逸事

辜鸿铭先生以茶壶譬丈夫，以茶杯譬妻子，故赞成多妻制，诚怪论也。

先生之怪论甚多，常告人以姓辜之故，谓始祖实为罪犯。又言始祖犯罪，不足引以为羞；若数典忘祖，方属可耻云。

先生深于英国文学之素养。或叩以养成之道，曰：先背熟一部名家著作做根基。又言今人读英文十年，开目仅能阅报，伸纸仅能修函，皆由幼年读一猫一狗式之教科书，是以终其身只有小成。先生极赞成中国的私塾教授法，以开蒙未久，即读四书五经，尤须背诵如流水也。

先生之书法，极天真烂漫之致，别字虽不甚多，亦非极少。盖先生生于异国，学于苏格兰，比壮年入张之洞幕，始沉潜于故邦载籍云。

先生好选《诗经》中成句，译英文诗，虽未能天衣无缝，亦颇极传神之妙，惜以古衣冠加于无色民族之身上耳，先生以"情"

译 Poetry，以"理"译 Philosophy，以"事"译 History，以"物"译 Science，以"阴阳"译 Physic，以"五行"译 Chemistry，以"红福"译 Juno，以"清福"译 Minerva，以"艳福"译 Venus，于此可见其融合中外之精神。

先生喜征逐之乐，顾不修边幅，既垂长辫，而枣红袍与天青褂上之油腻，尤可鉴人，槃者立于其前，不须揽镜，即有顾影自怜之乐。先生对于妓者颇有同情，恒操英语曰：Prostitute 者，Destitute 也（意谓卖淫者卖穷也）。

先生多情而不专，夫人在一位以上。尝娶日妇，妇死哭之悲，悼亡之痛，历久不渝。先生尝患贫，顾一闻丐者呼号之声，立即拔关而出，畀以小银币一二枚，勃谿之声，尝因之而起。

先生操多种方言，通几国文字；日之通士，尤敬慕先生，故日本人所办之英文报纸，常发表先生忠君爱国之文字。文中畅引中国经典，滔滔不绝，其引文之长，令人兴喧宾夺主之感，顾趣味弥永，凡读其文者只觉其长，并不觉其臭。

胡适先生二三事

胡先生是安徽徽州绩溪县人，对于他的乡土念念不忘，他常告诉我们他家乡的情形。徽州是个闭塞的地方。四面皆山，地瘠民贫，山地多种茶，每逢收茶季节，茶商经由水路从金华到杭州到上海求售，所以上海的徽州人特多，号称徽帮，其势力一度不在宁帮之下。四马路一带就有好几家徽州馆子。民国十七八年间，有一天，胡先生特别高兴，请努生、光旦和我到一家徽州馆吃午饭。上海的徽州馆相当守旧，已经不能和新兴的广东馆、四川馆相比，但是胡先生要我们去尝尝他的家乡风味。

我们一进门，老板一眼望到胡先生，便从柜台后面站起来笑脸相迎，满口的徽州话，我们一点也听不懂。等我们扶着栏杆上楼的时候，老板对着后面厨房大吼一声。我们落座之后，胡先生问我们是否听懂了方才那一声大吼的意义。我们当然不懂，胡先生说："他是在喊：'绩溪老倌，多加油啊！'"原来绩溪是个穷地方，难得吃油大，多加油即是特别优待老乡之意。果然，那一餐的油不在少。有两个菜给我的印象特别深，一个是划水鱼，即红烧青鱼尾，鲜嫩无比；另一个是生炒蝴蝶面，即什锦炒生面片，非常别致。缺点是味太咸，油太大。

徽州人聚族而居，胡先生常夸说，姓胡的、姓汪的、姓程的、姓吴的、姓叶的，大概都是徽州人，或是源出于徽州。努生调侃地说："胡先生，如果再扩大研究下去，我们可以说中华民族起源于徽州了。"相与拊掌大笑。

吾妻季淑是绩溪程氏，我在胡先生座中如遇有徽州客人，胡先生必定这样介绍我："这是梁某某，我们绩溪的女婿，半个徽州人。"他的记忆力特别好，他不会忘记提起我的岳家早年在北京开设的程五峰斋，那是一家在北京与胡开文齐名的笔墨店。

胡先生酒量不大，但很喜欢喝酒。有一次他的朋友结婚，请他证婚，这是他最喜欢做的事，筵席只预备了两桌，礼毕入席，每桌备酒一壶，不到一巡而酒告罄。胡先生大呼添酒，侍者表示为难。主人连忙解释，说新娘是 Temperance League（节酒会）的会员。胡先生从怀里掏出现洋一元交付侍者，他说："不干新郎新娘的事，这是我们几个朋友今天高兴，要再喝几杯。赶快拿酒来。"主人无可奈何，只好添酒。

事实上胡先生从不闹酒。民国二十年春，胡先生由沪赴平，道出青岛，我们请他到青岛大学演讲，他下榻万国疗养院。讲题是"山东在中国文化上的地位"，就地取材，实在高明之至，对于齐鲁文化的变迁，儒道思想的递嬗，讲得头头是道，亹亹不倦，听众无不欢喜。当晚青大设宴，有酒如渑，胡先生赶快从袋里摸出一只大金指环给大家传观，上面刻着"戒酒"二字，是胡太太送给他的。

胡先生交游广，应酬多，几乎天天有人邀饮，家里可以无须开伙。徐志摩曾风趣地说："我最羡慕我们胡大哥的肠胃，天天酬酢，肠胃居然吃得消！"其实胡先生并不欣赏这交际性的宴会，只是无法拒绝而已。民国二十年六月二十一日胡先生写信给我，劝我离开青岛到北大教书，他说："你来了，我陪你喝十碗好酒！"

胡先生住上海极司菲尔路的时候，有一回请"新月"一些朋友到他家里吃饭，菜是胡太太亲自做的——徽州著名的"一品锅"。一只大铁锅，口径差不多有一米，热腾腾地端了上桌，里面还在滚沸，一层鸡，一层鸭，一层肉，点缀着一些蛋皮饺，尽底下是萝卜白菜。胡先生详细地介绍这"一品锅"，告诉我们这是徽州人家待客的上品，酒菜、饭菜、汤，都在其中矣。对于胡太太的烹调本领，他是赞不绝口的。他认为另有一样食品也是非胡太太不办的，那就是蛋炒饭——饭里看不见蛋而蛋味十足，我虽没有品尝过，可是我早就知道其做法是把饭放在搅好的蛋里拌匀后再下锅炒。

胡先生不以书法名，但是求他写字的人太多，他也喜欢写。他做中国公学校长的时候，每星期到吴淞三两次，我每次遇见他都是看到他被学生们里三层外三层地密密围绕着。学生要他写字，须要自己备纸和研好的墨。他未到校之前，桌上已按次序排好一卷一卷的宣纸、一盘一盘的墨汁。他进屋之后就撸胳膊挽袖子，挥毫落纸如云烟，还要一面和人寒暄，大有手挥五弦目送飞鸿之势。胡先生的字如其人，清癯消瘦，而且相当工整，从来不肯作行草，一横一捺都拖得很细很长，好像是伸胳膊伸腿的样子。不像瘦金体，没有那一份劲逸之气，可是不俗。胡先生说起蔡孑民先生的字，也是瘦骨嶙峋，和一般人点翰林时所写的以黑大圆光著名的墨卷迥异其趣，胡先生曾问过他，以他那样的字何以能点翰林，蔡先生答说："也许是因为当时最流行的是黄山谷的字体吧！"

胡先生最爱写的对联是"大胆地假设，小心地求证；认真地做事，严肃地做人"。我常惋惜，大家都注意上联，而不注意下联。这一联有如双翼，上联教人求学，下联教人做人，我不知道胡先生这一联产生了多少效果。这一联教训的意味很浓，胡先生自己亦不讳言他喜欢用教训的口吻。他常说："说话而教人相信，必须斩钉截铁、咬牙切齿、翻来覆去地说。圣经里便是时常使用Verily、Verily 及 Thou shalt 等字样。"胡先生说话并不武断，但是语气永远是非常非常坚定的。

赵瓯北的一首诗"李杜诗篇万口传，至今已觉不新鲜。江山代有才人出，各领风骚数百年"，也是胡先生所爱好的，显然是因为这首诗的见解颇合提倡新文学者的口味。胡先生到台湾后，有一天我请他到师大讲演，讲的是"中国文学的演变"，以六十八岁高龄的人犹能谈上两个钟头而无倦色。在休息的时间，台湾《中国语文》月刊请他题字，他题了三十多年前的旧句："山风吹散了窗纸上的松影，吹不散我心头的人影。"

胡先生毕生服膺科学，但是他对于中医问题的看法并不趋于极端，和傅斯年先生一遇到孔庚先生便脸红脖子粗的情形大不相同（傅斯年先生反对中医，有一次和提倡中医的孔庚先生在席上相对大骂几乎要挥老拳）。胡先生笃信西医，但也接受中医治疗。

民国十四年二月孙中山先生病危，从医院迁出，住进行馆，改试中医，由适之先生偕名医陆仲安诊视。这一段经过是大家知道的。陆仲安初无籍名，徽州人，一度落魄，住在绩溪会馆所以才认识胡先生，偶然为胡先生看病，竟奏奇效，故胡先生为他揄扬，名医之名不胫而走。事实上陆先生亦有其不平凡处，盛名固非幸致。十五六年之际，我家里有人患病即常延陆来诊。陆先生诊病，无模棱两可语，而且处方下药分量之重令人惊异。药必须到同仁堂去抓，否则不悦。每服药必定是大大的一包，小一点的药锅便放不进去。贵重的药更要大量使用。他的理论是：看准了病便要投以重剂猛攻。后来有一次在上海胡先生请吃花酒，我发现陆先生亦为席上客，那时候他已是大腹便便、仆仆京沪道上专为要人治病的名医了。

胡先生左手背上有一肉瘤隆起，医师劝他割除，他就在北平协和医院接受手术，他告诉我医师们做手术的时候，动用一切应有的设备，郑重其事地为他解除这一小患，那份慎重其事的态度使他感动。又有一次乘船到美国去开会，医师劝他先割掉盲肠再做海上旅行，以免途中万一遭遇病发而难以处治，他欣然接受了外科手术。

我没看见过胡先生请教中医或服中药，可是也不曾听他说过反对中医中药的话。

胡先生从来不在人背后说人的坏话，而且也不喜欢听人在他面前说别人的坏话。有一次他听了许多不相干的闲话之后喟然而叹曰："来说是非者，便是是非人！"相反地，人有一善，胡先生辄津津乐道，真是口角春风。徐志摩给我的一封信里有"胡圣潘仙"一语，是因为胡先生向有"圣人"之称，潘光旦只有一条腿可跻身八仙之列，并不完全是戏谑。

但是誉之所至，谤亦随之。胡先生到台湾来，不久就出现了《胡适与国运》匿名小册（后来匿名者显露了真姓名），胡先生夷然处之，不予理会。胡先生兴奋地说，大陆印出了三百万字清算胡适思想，言外之意《胡适与国运》太不成比例了。胡先生返台定居，不是没有顾虑。首先台湾气候并不适宜。一九五七年十一月二十五日给陈之藩先生的信就说："请胸部大夫检查两次 X 光照片都显示肺部有弱点（旧的、新的）。此君很不赞成我到台湾的'潮冷'又'潮热'的气候去久住。"但是一九五六年十一月十八日给赵元任夫妇的信早就说过："我现在的计划是要在台中或台北……为久居之计。不管别人欢迎不欢迎，讨厌不讨厌，我在台湾是要住下去的（我也知道一定有人不欢迎我长住下去）。"可见胡先生决意来台定居，医生的意见也不能左右他，不欢迎他的人只好写写《胡适与国运》罢了。

一九六〇年七月十日胡先生在美国西雅图举行"中美文化合作会议"发表的一篇讲演，是很重要的文献，原文是英文的。在这篇讲演里胡先生历述中国文化之演进的大纲，结论是："我相信人道主义及理性主义的中国传统，并未被毁灭，且在所有情形下不能被毁灭！"大声疾呼，为中国文化传统做狮子吼，在座的中美听众一致起立欢呼鼓掌，久久不停，情况非常动人。事后有一位美国学者称道这篇演讲具有"丘吉尔作风"。我觉得像这样的言论才算得是弘扬中国文化。当晚，在旅舍中胡先生取出一封复印信给我看，是当地主人华盛顿大学校长欧地嘉德先生特意复印给胡先生看的。这封信是英文的，是中国人写的英文，起草的人是谁不问可知，是写给欧地嘉德的，具名连署的人不下十余人之多，其中有"委员"，有"教授"，有男有女。信的主旨大概是说：胡适是中国文化的叛徒，不能代表中国文化，此番出席会议未经合法推选程序，不能具有代表资格，特予郑重否认云云。我看过之后交还了胡先生，问他怎样处理，胡先生微笑着说："不要理他！"我不禁想起《胡适与国运》。

胡先生在师大讲演中国文学的变迁，弹的还是他的老调。我给他录了音，音带藏于师大文学院英语系。他在讲词中提到律诗及平剧，斥为"下流"。听众中喜爱律诗及平剧的人士大为惊愕，当时面面相觑，事后议论纷纷。我告诉他们这是胡先生数十年一贯的看法，可惊的是他几十年后一点也没有改变。中国律诗的艺术之美、平剧的韵味，都与胡先生始终无缘。八股、小脚、鸦片，是胡先生最深恶痛绝的，我们可以理解。律诗与平剧似乎应该属于另一范畴。

胡先生对于禅宗的历史下过很多功夫，颇有心得，但是对于禅宗本身那一套奥义并无好感。有一次在朋友宴会饭后要大家题字，我偶然地写了"无门关"的一偈，胡先生看了很吃一惊，因此谈起禅宗，我提到日本铃木大拙所写的几部书，胡先生正色说："那是骗人的，你不可信他。"

闻一多在珂泉

闻一多在一九二二年出国，往芝加哥美术学院学习绘画。对于到外国去，闻一多并不怎样热心。那时候，他是以诗人和艺术家自居的，而且他崇拜的是唯美主义。他觉得美国的物质文明尽管发达，那里的生活未必能适合他的要求。对于本国的文学艺术他一向有极浓厚的兴趣。他对我说过，他根本不想到美国去，不过既有这么一个机会，走一趟也好。

一多在船上写了一封信来，他说：

我在这海上漂浮的六国饭店里笼着，物质的供奉奢华极了，但是我的精神乃在莫大的压迫之下。我初以为渡海的生涯定是很沉寂、幽雅、辽阔的；我在未上船以前，又时时在想着在汉口某客栈看见的一幅八仙渡海的画，又时时想着郭沫若君的这节诗——

无边天海呀！

一个水银的浮沤！

上有星汉湛波，

下有融晶泛流，

正是有生之伦睡眠时候。

我独披着件白孔雀的羽衣，

遥遥地，遥遥地，

在一只象牙舟上翘首。

但是既上船后，大失所望。城市生活不但是陆地的，水上也有城市生活。我在烦闷时愈加渴念我在清华的朋友。这里竟连一个能与自己谈话的人都找不着。他们不但不能同你讲话，并且闹得你起坐不宁。走到这里是"麻雀"，走到那里又是"五百"，散步他拦着你的道路，静坐则扰乱你的思想。我的诗被他们栽害到几底于零，到了日本海峡及神户之布引泷等胜地，我竟没有半句诗的赞叹歌讴。不是到了胜地一定得作诗，但是胜地若不能引起诗兴，商店工厂还能吗？……

他到了美国之后八月十四日自芝加哥写的一封信，首尾是这样的：

在清华时，实秋同我谈话，常愁到了美国有一天被碾死在汽车轮下。我现在很欢喜地告诉他，我还能写信证明现在我还没有被碾死。但是将来死不死我可不敢担保。……

啊！我到芝加哥才一个星期，我已厌恶这生活了。

他虽厌恶芝加哥的烦嚣，但他对美国的文化却很震惊，他在这第一封信里就说："美国人审美的程度是比我们高多了。讲到这里令我起疑问了。何以机械与艺术两个绝不相容的东西能够同时发展到这种地步呢？"一多在芝加哥的生活相当无聊，学画画只是些石膏素描，顶多画个人体，油画还谈不上。图画最要紧的是这一段苦功，但是这与一多的个性不能适合。他在九月十九日来信说：

实秋：

阴雨终朝，清愁如织；忽忆放翁"欲知白日飞升法，尽在焚香听雨中"之句，即起焚香，冀以"雅"化此闷雨。不料雨听无声，香焚不燃，未免大扫兴会也。灵感久渴，昨晚忽于枕上有得，难穷落月之思，倘荷骊珠之报？近复细读昌黎，得笔记累楮盈寸，以为异日归国躬耕砚田之资本耳。草此藉候文安。

可见他对中国文学未能忘情。他于翌年二月十五日来信说：

我不应该做一个西方的画家，无论我有多少的天才！我现在学西方的绘画是为将来做一个美术批评家，我若有所创作，定不在纯粹的西画里。但是我最希望的是做一个艺术的宣道者，不是艺术的创造者。

可见他对绘画之终于不能专心，是早已有了预感，又因为青春时期只身远游，感触亦多，他不能安心在芝加哥再住下去。他于五月二十九日来信说：

芝加哥我也不想久居。本想到波士顿，今日接到你的信，忽又想起陪你上 Colorado 住个一年半载，也不错。你不反对吧？

我想他既要学画，当然应该在芝加哥熬下去。虽然我也很希望他能来珂泉和我一起读书，但是我并不愿妨碍他的图画学习。所以我并不鼓励他到珂泉来。

我在一九二三年秋到了珂泉（Colorado Springs），这是一座西部的小城，有一所大学在此地，在一些西部小规模的大学里，这算是比较好的一所。这里的风景可太好了，因为这城市就在落基山下，紧靠在那终年积雪的派克峰脚下，到处是风景区。我到了这里之后，买了十二张风景片寄给一多，未署一字，我的意思只是报告他我已到了此地，并且用这里的风景片挠他一下。没想到，没过一个星期的工夫，一多提着一只小箱子来了。

一多来到珂泉，是他抛弃绘画专攻文学的一个关键。

科罗拉多大学有美术系，一多是这系里唯一的中国人。系主任利明斯女士，姐妹两个都是老处女，一个教画，一个教理论。

美国西部人士对于中国学生常有好感，一多的天才和性格都使他立刻得到了利明斯女士的赏识。我记得利明斯有一次对我说："密斯特闻，真是少有的艺术家，他的作品先不论，他这个人就是一件艺术品，你看他脸上的纹路、嘴角上的笑，有极完美的节奏！"一多的脸是有些线条，显然节奏我不大懂。一多在这里开始画，不再画素描，却画油彩了。他的头发养得很长，披散在头后，黑领结，那一件画室披衣，东一块红，西一块绿，水渍油痕到处皆是，揩鼻涕，抹桌子，擦手，御雨，全是它。一个十足的画家！

　　我们起先在一个人家里各租一间房。房东是报馆排字工人，昼伏夜出，我们过了好几个月才知道他的存在，房东太太和三个女儿天天和我们在一桌上吃饭。这一家人待我们很好，但都是庸俗的人。更庸俗的是楼上另外两个女房客，其中一个是来此养病的纽约电话接线生，异性的朋友很多，里面有一位还是我们中国学生，几乎每晚拿着一只吹奏喇叭来奏乐高歌，有时候还要跳舞。于是我们搬家。为了省钱，只好搬到学校宿舍海格门楼。这是一座红石建的破败不堪的楼房，像是一座堡垒。吃饭却成了问题。有时候烧火酒炉子煮点咖啡或清茶，买些面包，便可充饥。后来胆子渐渐大了，居然也炒木须肉之类。有一次一多把火酒炉打翻，几乎烧着了窗帘，他慌忙中燃了头发、眉毛，烫了手。又有一次自己煮饺子，被人发现，管理员来干涉了，但见我们请他吃了一个之后，他不说话了，直说好吃。他准许我们烧东西吃，但规模不可太大。

　　一多和我的数学根底原来很坏，大学一定要我们补修，否则不能毕业。我补修了，一多却坚持不可。他说不毕业没有关系，却不能学自己所不愿学的课程。我所选的课程有一门是"近代诗"，一共讲二十几个诗人的代表作品。还有一门是"丁尼生与勃朗宁"。一多和我一同上课。他在这两门课程里得到很大的益处。教授戴勒耳先生是很称职的，他的讲解很精湛。一多的《死水》，在技术方面很得力于这时候的学习。在节奏方面，一多很欣赏吉卜林，受他的影响不小。在情趣方面，他又沾染了哈代与霍斯曼的风味。我和一多在这两门功课上感到极大的兴趣，上课认真听讲，下课自己阅读讨论。一多对于西洋文学的造诣，当然不止于此，但正式的、有系统的学习却是在此时打下了一些根基。

我们在学校里是被人注意的，至少我们黄色的脸便令人觉得奇怪。有一天，在学生赠的周刊发现了一首诗，题目是 Sphinx，作者说我们中国人的脸沉默而神秘，像埃及人首狮身的怪物，他要我们回答他，我们是在想些什么。这诗并无恶意，但是我们要回答，我和一多各写了一首小诗登在周刊上。这虽是学生时代的作品，但是一多这一首写得不坏，全校师生以后都对我们另眼看待了。一多的诗如下：

ANOTHER "CHINEE" ANSWERING

My face is Sphinx-like,

It puzzles you, you say,

You wish that my lips were articulate,

You demand my answer.

But what if my words are riddles to you ?

You who would not sit down

To empty a cup of tea with me,

With slow, graceful, intermittent sips,

Who would not set your thoughts afloat

On the reeling vapors

Of a brimming tea-cup, placid and clear —

You who are so busy and impatient

Will not discover my moaning.

Even my words might be riddles to you,

So I choose to be silent.

But you hailed to me,

I love your child-like voice,

Innocent and half-bashful.

We shall be friends.

Still I choose to be silent before you.

In silence I shall bear you

The best of presents.

I shall bear you a jade tea-cup,

Translucent and thin,

Green as the dim light in a bamboo grove;

I shall bear you an embroidered gown

Charged with strange, sumptuous designs —

Harlequin in lozenges,

Bats and butterflies,

Golden-bearded, saintly dragons

Braided into iridescent threads of dream;

I shall bear you sprays.

Oi peach-blossoms, plum-blossoms, pear-blossoms;

I shall bear you silk-bound books

In square, grotesque characters.

Silently and with awe

I shall bear you the best of presents.

Through the companion with my presents

You will know me —

You will know cunning,

Vice,

Or wisdom only.

But my words might be riddles to you,

So I choose to be silent.

一多画画一直没有停，有一天，利明斯教授告诉他纽约就要举行一年一度的画展，选择是很严的，劝他参加。一多和我商量，我也怂恿他加入竞赛。一多无论做什么事，不做便罢，一做便废寝忘食。足足有一个多月，他锁起房门，埋头苦干，就是吃饭也是一个人抽空溜出去，如中疯魔一般地画。大致画完了才准我到他屋里去品评。有一幅人物画，画的是一个美国侦探，非常传神。还缺少一张风景画。我建议由我开车送他到山上去写生。他同意了。

一清早，我赁到一辆车，带着画具食品，兴高采烈地上山了。这是我学会开车后的第三天，第一次上山，结果如何是可以想见的。我们先到了"仙园"，高大的红石笋矗立着，那风景不是秀丽，也不是雄伟，是诡怪。我们又向着曼尼图公园驶去，越走越高，忽然走错了路，走进了一条死路，尽头处是巉岩的绝崖，路是土路，有很深的辙，只好向后退。两旁是幽深的山涧，我退车的时候手有些发抖。"噗"的一声，车出了辙，斜叉着往山涧里溜下去了，只听得耳边风呼呼地响，我已经无法控制，一多大叫。忽然"咔嚓"一声车停了，原来是车被两棵松树给夹住了。我们往下看，乱石飞泉，令人心悸。车无法脱险，因为坡太陡。于是我们爬上山，老远看见一缕炊烟，跑过去一看果然有人，但是，他说西班牙语，戴着宽边大帽，腰上挂一圈绳。勉强做手势达意之后，这西班牙人才随着我们去查看，他笑了。他解下腰间的绳子一端系在车上，一端系在山上一棵大树上。我上车开足马力，向上走一尺，他和一多就掣着绳子拉一尺，一尺一尺地车终于上了大路，西班牙人和我们点点头就走了。但是我再不敢放胆开车，一多的画兴也没有了，我们无精打采地回去了。风景何必远处求？学校宿舍旁边就很好，正值雪后，一多就临窗画了一幅雪景，他新学了印象派画法，用碎点，用各种颜色代替阴影。这一幅画很精彩。

一共画了十几幅，都配了框，装箱，寄往纽约。在这时候，一多也给我画了一张像，他立意要画出我的个性，也要表示他手底的腕力，他不用传统的画法，他用粗壮的笔调大勾大抹，嘴角撇得像瓢似的，表示愤世嫉俗的意味，头发是葱绿色，像公鸡尾巴似的竖立着，这不知是表现什么。这幅像使他很快意。我带回国，家里孩子们看着害怕，后来就不知怎样丢掉了。

纽约的回信来了，只有美国侦探那幅画像得了一颗银星，算是"荣誉的提名"，其他均未入选。这打击对于一多是很严重的。以我所知，一多本不想做画家，但抛弃绘画的决心是自此时始。他对我讲过，中国人画西洋画，很难得与西方人争一日之短长。因为我们的修养、背景、性格全受了限制。实在是的，我们中国人习西洋画的，成功者极少，比较成功的往往后来都改画中国画了。其实这不仅于绘画为然，即以文学而论，学习西洋文学的人不也是很多人终于感到彷徨而改走中国文学的道路吗？所以一多之完全抛弃西画，虽然是由于这一次的挫折，其实以他那样的性格与兴趣，即使不受挫折，我相信他也会改弦易辙的，不过是时间的早晚而已。

我和一多在珂泉整整住了一年。暑假过后，我到波士顿去，他到纽约去。临别时我送了他一只珐琅的香炉，他送了我一部霍斯曼的诗集。

忆老舍

　　我最初读老舍的《赵子曰》《老张的哲学》《二马》，未识其人，只觉得他以纯粹的北平土语写小说颇为别致。北平土语，像其他主要地区的土语一样，内容很丰富，有的是俏皮话儿、歇后语，精到出色的明喻暗譬，还有许多有声无字的词字。如果运用得当，北平土话可说是非常地生动有趣；如果使用起来不加检点，当然也可能变成油腔滑调的"耍贫嘴"。以土话入小说本是小说家常用的一种技巧，既可使对话显得格外活泼，也可使人物性格显得真实凸出。若是一部小说从头到尾，不分对话叙述或描写，一律使用土话，则自《海上花》一类的小说以后并不多见。我之所以注意老舍的小说盖在于此。胡适先生对老舍的作品评价不高，他以为老舍的幽默是勉强造作的。但一般人觉得老舍的作品是可以接受的，甚至颇表欢迎。

　　抗战后，老舍有一段时间住在北碚，我们时相过从。他又黑又瘦，甚为憔悴，平常总是佝偻着腰，迈着四方步，说话的声音低沉、徐缓，但是有风趣。他和老向住在一起，生活当然是很清苦的。在名义上他是中国文艺界抗敌协会的负责人，事实上这个组织的分子很复杂，有不少野心分子企图从中操纵把持。老舍对待谁都是一样和蔼亲切，心存厚道，所以他的人缘好。

有一次北碚各机关团体发起募款劳军晚会，一连两晚，盛况空前，把北碚儿童福利试验区的大礼堂挤得水泄不通。礼乐馆的张充和女士多才多艺，由我出面邀请，会同编译馆的姜作栋先生（名伶钱金福的弟子），合演一出"刺虎"，唱做之佳至今令人不能忘。在这一出戏之前，垫一段对口相声。这是老舍自告奋勇的，蒙他选中了我做搭档，头一晚他"逗哏"我"捧哏"，第二晚我逗他捧，事实上挂头牌的当然应该是他。他对相声特有研究。在北平长大的谁没有听过"焦德海草上飞"？但是能把相声全本大套地背诵下来则并非易事。如果我不答应上台，他即不肯露演，我为了劳军只好勉强同意。老舍嘱咐我说，"说相声第一要沉得住气，放出一副冷面孔，永远不许笑，而且要控制住观众的注意力，用干净利落的口齿在说到紧要处使出全副气力斩钉截铁一般进出一句俏皮话，则全场必定爆出一片喝彩声哄堂大笑，用句术语来说，这叫作'皮儿薄'，言其一戳即破。"我听了之后连连辞谢说："我办不了，我的皮儿不薄。"他说："不要紧，咱们练着瞧。"于是他把词儿写出来，一段是《新洪羊洞》，一段是《一家六口》，这都是老相声，谁都听过。相声这玩意儿不嫌其老，越是经过千锤百炼的玩意儿越惹人喜欢，借着演员的技艺风度之各有千秋而永远保持新鲜的滋味。

相声里面的粗俗玩笑，如"爸爸"二字刚一出口，对方就得赶快顺口搭腔地说声"啊"，似乎太无聊，但是老舍坚持不能删免，据他看相声已到了至善至美的境界，不可稍有损益。是我坚决要求，他才同意在用折扇敲头的时候只要略为比画而无须真打。我们认真地排练了好多次。到了上演的那一天，我们走到台的前边，泥塑木雕一般绷着脸肃立片刻，观众已经笑不可抑，以后几乎只能在阵阵笑声之间的空隙进行对话。该用折扇敲头的时候，老舍不知是一时激动忘形，还是有意违反诺言，抡起大折扇狠狠地向我打来，我看来势不善，向后一闪，折扇正好打落了我的眼镜，说时迟，那时快，我手掌向上两手平伸，正好托住那落下来的眼镜，我保持那个姿势不动，喝彩声历久不绝，有人以为这是一手绝活儿，还高呼："再来一回！"

老舍的才华是多方面的，长短篇的小说、散文、戏剧、白话诗，无一不能，无一不精。而且他有他的个性，绝不俯仰随人。我现在拣出一封老舍给我的信，是他离开北碚之后写的，那时候他的夫人已自北平赶来四川，但是他的生活更陷于苦闷。他患有胃下垂的毛病，割盲肠的时候用一小时余还寻不到盲肠，后来才在腹部的左边找到了。这封信附有七律五首，由此我们也可窥见他当时心情的又一面。

前几年王敬羲从香港剪写老舍短文一篇，可惜未注明写作或发表的时间及地点，题为《春来忆广州》，看他行文的气质，已由绚烂趋于平淡，但是有一缕惆怅悲哀的情绪流露在字里行间。听说他去年已做了九泉之客，又有人说他尚在人间。是耶非耶，其孰能辨之？兹将这一小文附录于后：

春来忆广州

我爱花。因气候、水土等关系，在北京养花，颇为不易。冬天冷，院里无法摆花，只好都搬到屋里来。每到冬季，我的屋里总是花比人多，形势逼人！屋中养花，有如笼中养鸟，即使用心调护，也养不出个样子来。除非特建花室，实在无法解决问题。我的小院里，又无隙地可建花室！

一看到屋中那些半病的花草，我就立刻想起美丽的广州来。去年春节后，我不是到广州住了一个月吗？哎呀，真是了不起的好地方！人极热情，花似乎也热情！大街小巷，院里墙头，百花齐放，欢迎客人，真是"交友看花在广州"啊！

在广州，对着我的屋门便是一株象牙红，高与楼齐，盛开着一丛红艳夺目的花儿，而且经常有很小的小鸟，钻进那朱红的小"象牙"里，如蜂采蜜。真美！只要一有空儿，我便坐在阶前，看那些花与小鸟。在家里，我也有一棵象牙红，可是高不及三尺，而且是种在盆子里。它入秋即放假休息，入冬便睡大觉，且久久不醒，直到端阳左右，它才开几朵先天不足的小花，绝对没有那种秀气的小鸟做伴！现在，它正在屋角打盹，也许跟我一样，正想念它的故乡广东吧？

春天到来，我的花草还是不易安排：早些移出去吧，怕风霜侵犯；不搬出去吧，又都发出细条嫩叶，很不健康。这种细条子不会长出花来。看着真令人焦心！

好容易盼到夏天，花盆都运至院中，可还不完全顺利。院小，不透风，许多花儿便生了病。特别由南方来的那些，如白玉兰、栀子、茉莉、小金橘、茶花……也不知怎么就叶落枝枯，悄悄死去。因此，我打定主意，在买来这些比较娇贵的花儿之时，就认为它们不能长寿，尽到我的心，而又不作幻想，以免枯死的时候落泪伤神。同时，也多种些叫它死也不肯死的花草，如夹竹桃之类，以期老有些花儿看。

夏天，北京的阳光过暴，而且不下雨则已，一下就是倾盆倒海而来，势不可当，也不利于花草的生长。

秋天较好，可是忽然一阵冷风，无法预防，娇嫩些的花儿就受了重伤。于是，全家动员，七手八脚，往屋里搬呀，各屋里都挤满了花盆，人们出来进去都须留神，以免绊倒！

真羡慕广州的朋友们，院里院外，四季有花，而且是多么出色的花呀！白玉兰高达数丈，杆子比我的腰还粗！英雄气概的木棉，昂首天外，开满大红花，何等气势！就连普通的花儿，四季海棠与绣球什么的，也特别壮实，叶茂花繁，花小而气魄不小！看，在冬天，窗外还有结实累累的木瓜呀！真没法儿比！一想起花木，也就更想念朋友们！

忆周作人先生

周作人先生住北平西城八道湾，看这个地名就可以知道那是怎样一个弯弯曲曲的小胡同。但是在这个陋巷里却住着一位高雅的、与世无争的读书人。

我在清华读书的时候，代表清华文学社会见过他，邀他到清华演讲。那个时代，一个年轻学生可以不经介绍径自拜访一位学者，并且邀他演讲，而且毫无报酬，好像不算是失礼的事。如今手续似乎更简便了，往往是一通电话便可以邀请一位素未谋面的人去讲演什么的。我当年就是这样冒冒失失地慕名拜访。拐弯抹角地找到了周先生的寓所，是一所坐北朝南的两进的平房，正值雨后，前院积了一大汪子水，我被引进去，沿着南房檐下的石阶走进南屋。地上铺着凉席。屋里已有两人在谈话，一位是留了一撮小胡子的鲁迅先生，另一位年轻人是写小诗的何植三先生。鲁迅先生和我招呼之后就说："你是找我弟弟的，请里院坐吧。"

里院正房三间，两间是藏书用的，有十个八个木书架，都摆满了书，有竖立的西书，有平放的中文书，光线相当暗。左手一间是书房，很爽亮，有一张大书桌，桌上文房四宝陈列整齐，竟不像是一个人勤于写作的所在。靠墙一几两椅，算是待客的地方。上面原来挂着一个小小的横匾，"苦雨斋"三个字是沈尹默写的。斋名苦雨，显然和前院的积水有关，也许还有屋瓦漏水的情事。总之是十分恼人的事，可见主人的一种无奈的心情（后来他改斋名为"苦茶庵"了）。俄而主人移步入，但见他一袭长衫，意态俏然，背微佝，目下视，面色灰白，短短的髭须满面，语声低沉到令人难以辨听的程度。一仆人送来两盏茶，日本式的小盖碗，七分满的淡淡清茶。我道明来意，他用最简单的一句话就接受了我们的邀请。于是我不必等端茶送客就告辞而退，他送我一直到大门口。

从北平城里到清华，路相当远，人力车要一个多小时，但是他准时来了，高等科礼堂有两三百人听他演讲。讲题是《日本的小诗》。他特别提出所谓俳句，那是日本的一种诗体，以十七个字为一首，一首分为三段，首五字，次七字，再五字，这是正格，也有不守十七字之限者。这种短诗比我们的五言绝句还要短。由于周先生语声过低，乡音太重，听众不易了解，讲演不算成功。幸而他有讲稿，随即发表。他所举的例句都非常有趣，我至今还记得的是一首松尾芭蕉的作品，好像是"听呀，青蛙跃入古潭的声音！"这样的一句，细味之颇有禅意。此种短诗对于试写新诗的人颇有影响，就和泰戈尔的散文诗一样，容易成为模拟的对象。

民国二十三年我到了北京大学，和周先生有同事三年之雅。

在此期间我们来往不多，一来彼此都忙，我住东城他住西城相隔甚远，不过我也在他的苦雨斋做过好几次的座上客。我很敬重他，也很爱他的淡雅的风度。我当时主编一个周刊《自由评论》，他给过我几篇文稿，我很感谢他。他曾托我介绍把他的一些存书卖给学校图书馆。我照办了。他也曾要我照拂他的儿子周丰一（在北大外文系日文组四年级），我当然也义不容辞，我在这里发表他的几封短札，文字简练，自有其独特的风格。

周先生晚节不终，宦事敌伪，以至身系缧绁，名声扫地，是一件极为可惜的事。不过他所以出此下策，也有其远因近因可察。他有一封信给我，是在抗战前夕写的：

实秋先生：

手书敬悉。近来大有闲，却也不知怎地又甚忙，所以至今未能写出文章，甚歉。看看这"非常时"的四周空气，深感到无话可说，因为这（我的话或文章）是如此地不合时宜的。日前曾想写一篇关于《求己录》的小文，但假如写出来了，恐怕看了赞成的只有一个——《求己录》的著者陶葆廉吧？等写出来可以用的文章时，即当送奉，匆匆不尽。

作人启　七日夜

关于《求己录》的文章虽然他没有写，我们却可想见他对《求己录》的推崇，按《求己录》一册一函，光绪二十六年杭州求是书院刊本，署芦泾遁士著，乃秀水陶葆廉之别号。陶葆廉是两广总督陶模（子方）之子，久佐父幕，与陈三立、谭嗣同、沈雁潭合称四公子。作人先生引陶葆廉为知己，同属于不合时宜之列。他也曾写信给我提到"和日和共的狂妄主张"。他是对于抗日战争早就有了他自己的一套看法。他平素对于时局，和他哥哥鲁迅一样，一向抱有不满的态度。

作人先生有一位日籍妻子。我到苦茶庵去过几次没有拜见过她，只是隔着窗子看见过一位披着和服的妇人走过，不知是不是她。一个人的妻子，如果她能勤俭持家相夫教子而且是一个"温而正"的女人，她的丈夫一定要受到她的影响，一定爱她，一定爱屋及乌地爱与她有关的一切。周先生早年负笈东瀛，娶日女为妻，对于日本的许多方面有好的印象是可以理解的。我记得他写过一篇文章赞美日本式的那种纸壁地板蹲坑的厕所，真是匪夷所思。他有许多要好的日本朋友，更是意料中事，犹之鲁迅先生之与上海虹口的内山书店老板过从甚密。

抗战开始，周先生舍不得离开北平，也许是他自恃日本人不会为难他。以我所知，他不是一个热衷仕进的人，也异于鲁迅之偏激孤愤。不过他表面上淡泊，内心里却是冷峭。他这种心情和他的身世有关。一九八二年九月二十日《联合报》万象版登了一篇《高阳谈鲁迅心头的烙痕》：

> 鲁迅早期的著作，如《呐喊》等，大多在描写他的那场"家难"；其中主角是他的祖父周福清，同治十年三甲第十五名

进士，外放江西金溪知县。光绪四年因案被议，降级改为"教谕"。周福清不愿做清苦的教官，改捐了一个"内阁中书"，做了十几年的京官。

光绪十九年春天，周福清丁忧回绍兴原籍。这年因为下一年慈禧太后六旬万寿，举行癸巳恩科乡试；周福清受人之托，向浙江主考赙买关节，连他的儿子也就是鲁迅的父亲周用吉在内，一共是六个人，关节用"宸衷茂育"字样；另外"虚写银票洋银一万元"，一起封入信封。投信的对象原是副主考周锡恩，哪知他的仆人在苏州误投到正主考殷如璋的船上。殷如璋不知究竟，拆开一看，方知赙买关节。那时苏州府知府王仁堪在座，而殷如璋与周福清又是同年，为了避嫌疑起见，明知必是误投，亦不能不扣留来人，送官究办。周福清就这样吃上了官司。

科场舞弊，是件严重的事。但从地方到京城，都因为明年是太后六十万寿，不愿兴大狱，刑部多方开脱，将周福清从斩罪上量减一等，改为充军新疆。历久相沿的制度是，刑部拟罪得重，由御笔改轻，表示"恩出自上"；但这一回令人大出意外，御着批示："周福清着改为斩监候，秋后处决。"

这一来，周家可就惨了。第二年太后万寿停刑，固可多活一年；但自光绪二十一年起，每年都要设法活动，将周福清的姓名列在"勾决"名册中"情实"一栏之外，才能免死。这笔花费是相当可观的；此外，周福清以"死囚"关在浙江臬司监狱中，如果希望获得较好的待遇，必须上下"打点"，非大把银子不可。周用吉的健康状况很差，不堪这样沉重的负担，很快地就去世了。鲁迅兄弟被寄养在亲戚家，每天在白眼中讨生活：十几岁的少年，由此而形成的人格，不是鲁迅的偏激负气，就是周作人的冷漠孤傲，是件不难想象的事。

鲁迅心头烙痕也正是周作人先生的心头烙痕，再加上抗战开始后北平爱国志士那一次的枪击，作人先生无法按捺他的激愤，遂失足成千古恨了。在后来国民党军队撤离南京的前夕，蒋梦麟先生等还到监牢去探视过他，可见他虽然是罪有应得，但是他的老朋友们还是对他有相当的眷念。

一九七一年五月九日中国时报副刊有南宫搏先生一文《于〈知堂回想录〉而回想》，有这样的一段：

我曾写过一篇题为《先生，学生不伪！》不留余地指斥学界名人傅斯年。当时自重庆到沦陷区的接收大员，趾高气扬的不乏人，傅斯年即为其中之一。我们总以为学界的人应该和一般官吏有所不同，不料以清流自命的傅斯年在北平接收时，也有那一副可憎的面目，连"伪学生"也说得出口！——他说"伪教授"其实也可恕了。要知政府兵败，弃土地人民而退，要每一个人都亡命到后方去，那是不可能的。在敌伪统治下，为谋生而做一些事，更不能皆以汉奸目之，"饿死事小，失节事大"，说说容易，真正做起来，却并不是叫口号之易也。何况，平常做做小事而谋生，遽加汉奸帽子，

在情在理，都是不合的。

南宫搏先生的话自有他的一面道理，不过周作人先生无论如何不是"做做小事而谋生"，所以我们对于他的晚节不终只有惋惜，无法辩解。

陪伴最长情

一只野猫

流浪街头无人豢养的猫，叫作野猫。通常是瘦得皮包骨，一身渍泥，瞪着大眼嗥嗥地叫，见人就跑。英语称为街猫，以别于家猫，似较为确切，因为野猫是另一种东西，本名 lynx，我们称为山猫，大概也就是我们酒席上的果子狸。

稀脏邋遢的孩子，在街上鬼混，我们称为野孩子。其实他和良家子弟属于同一品种，不是蛮荒的野人的子遗，只是缺乏教养失去了家庭温暖的可怜的孩子。猫也是一样。踯躅街头嗷嗷待哺的猫，我也似乎不该叫它为野猫，只因一时想不起较合适的名称，暂时委屈它一下称为野猫吧。

一般的野猫，其实是驯顺的，而且很胆怯。在垃圾堆旁的野猫都是贼目鼠眼的，一面寻食，一面怕狗，更怕那些比狗更凶的人。我们在街上看见几只野猫，怜其孤苦伶仃，顶多付诸一叹，焉能广为庇护使尽得其所？但是，如果一只野猫不时地在你家大门外出现，时常跟着你走，有时候到了夜晚蹲在你家的门前守候着你，等你走近便叫一声"咪噢"，而你听起来好像是叫一声"妈"……
恐怕你就不能不心动一下，恻隐之心，人皆有之。

菁清最近就遇到了这样的一只野猫。白毛，大块的黑斑，耳
朵是黑的，尾巴是黑的，背上疏疏落落地有三五大块黑，显着粗
豪，但不难看，很脏，但是很胖，也许本是家猫而被遗弃的，也
许它善于保养而猎食有道。它跟了菁清几天，她不能恝置不理了，
俯下身去摸摸它，哇，毛一缕缕地黏结在一起，刚鬣髼鬙，大概
是好久不曾梳洗。

"我们把它抱到家里来吧？"菁清说。

我断然说："不可。"

我们家已经有白猫王子和黑猫公主，一雌一雄，其饮食起居
及医药卫生之所需，已经使我们两个忙得团团转，如果善门大开，
寒家之内势将喧宾夺主。菁清听了没说什么，拿一钵鱼一盂水送
到门口外，就像是在路边给过往行人"奉茶"的那个样子。

如是者数日，野猫每日准时到达门口领食，更难得的是施主
每日准时放置饮食于固定之处待领。有时吆喝一声，它不知从哪
里蹿了出来，欣然领受这份嗟来之食。

有好几天不见猫来。心想不妙，必是遭遇了什么意外。果然，
当它再度出现时，尾巴中间一截血淋淋的，毛皮尽脱，露出一段
细细的似断未断的骨头。它有气无力地叫，我猜想也许是被哪一
家的弹簧门夹住了尾巴。菁清说一定是狗咬的。本来尾巴没有用，
老早就该进化淘汰掉的，留着总是要惹麻烦。菁清说："以后教
它上楼到我们房门口采吃吧。"我看着它的血丝糊拉的尾巴，也

只好点点头。从此这只猫更上一层楼，到了我们的房门口。不过我有话在先，我在这里画最后一道线，不能再越雷池一步，登堂入室是绝不可以的。菁清说："这只猫，总得有个名字，就叫它'小花子'吧。"怜其境遇如乞食的小叫花子，同时它又是一身黑白花。

小花子到房门口，身份好像升了一级。尾巴的伤养好了，猫有九条命，些许皮肉之伤算不了什么。菁清给它梳洗了一番，立刻容光焕发。看它直咳嗽，又喂了它几颗保济丸。它好想走进我们的房间，有时候伸一只爪子隔在门缝里，不让我们关门，我心里好惭悚，为什么这样自私，不肯再多给它一点温暖！菁清拿出一条棉絮放在门外，小花子吃饱之后，照例洗洗脸，便蜷着身子在棉絮上面睡了。小花子仅仅免于冻馁而已。它晚间来到门口膳宿，白天就不知道云游何处了。

白猫王子听得门外有同类的呼声，起初是兴奋，观察许久，发出呼噜的吼声，小花子吓得倒退。对于这不速之客，白猫王子好像不表欢迎。一门之隔，幸与不幸，判如霄壤。一个是食鲜眠锦，一个是踵门乞食。世间没有平等可言！

小　花

　　小花子本是野猫，经菁清留养在房门口处，起先是供给一点食物一点水，后来给它一只大纸箱作为它的窝，放在楼梯拐角处，终乃给它买了一只孩子用的鹅绒被袋作为铺垫，而且给它设了一个沙盆逐日换除洒扫。从此小花子就在我们门前定居，不再到处晃荡，活像《鸿鸾禧》里的叫花子，喝完豆汁儿之后甩甩袖子连呼："我是不走的了啊，我是不走的了啊！"

　　彼此相安，没有多久。

　　有一天我回家看见菁清抱着小花子在房间里踱来踱去，我惊问："它怎么登堂入室了？"我们本来约定不许它越雷池一步的。

　　"外面风大，冷，你不是说过猫怕冷吗？"

　　我是说过，猫是怕冷。结果让它在室内暖和了一阵，仍然送到户外。看着它在寒风里缩成一团偎在纸箱里，我心里也有些不忍。

　　再过些时，有一天小花子不见了，整天都没回来就食，不知它云游何处去了。一天两天过去，杳无消息。它虽是野猫，我们对它不只有一饭之恩，当然甚是牵挂。每天打开门看看，猫去箱空，辄为黯然。

忽然有一天它回来了。浑身泥污，而且沾有血迹。它的嘴里挂着血淋淋的一块肉似的东西，像是碎裂的牙肉。菁清赶快把它抱起，洗刷一下，在它身上有血迹处涂了紫药水，发现它的两颗虎牙没有了，满嘴是血。我们不知它遭遇了什么灾难，落得如此狼狈。菁清取出一个竹笼，把它装了进去，骑车直奔国际猫狗专科病院辜仲良（泰堂）先生处。辜大夫说，它的牙被人敲断了，大量出血，被人塞进几团药棉花，它在身上乱舔所以到处有血迹。于是给它打针防破伤风，注射消炎剂，清洗口腔，取出药棉花，涂药。菁清抱它回来，说："看它这个样子，今天不要教它在门外睡了吧。"我还有什么话说。于是小花子进了家门，睡在属于黑猫公主的笼子里。黑猫公主关在楼上寝室里。三猫隔离，各不相扰。这是临时处置，我心想过一两天还是要放小花子到门外去的。

但是没想到第二天菁清又有了新发现，她告我说，在她掰开猫嘴涂药时发觉猫的舌头短了一大截，舌尖不见了。大概是牙被敲断时，被人顺手把舌头也剪断了。菁清要我看，我不敢看。我不知道它犯了什么大过，受此酷刑。我这才明白为什么每次喂它吃鱼总是吃得盘里盘外狼藉不堪，原来它既无门牙又缺半截舌头。世界上是有厌猫的人。据说，拿破仑就厌恶猫，"在某次战役中，有个侍从走过拿破仑的卧房时，突然听到这位法国皇帝在呼救。

他打开房门一看，拿破仑的衣服才穿到一半，满头大汗，用剑猛刺绣帷，原来他是在追杀一只小猫。"美国的艾森豪威尔总统也恨猫，"在盖次堡家中的电视机旁，备有一支鸟枪打击乌鸦。此外他还下令，周遭若出现任何猫，格杀勿论。"英文里有一个专门名词，称厌恶猫者为Ailurophobe。我想我们的小花子一定是在外游荡时遇到了一位厌猫者，敲掉门牙剪断舌头还算是便宜了它。

菁清说，这猫太可怜，并且历数它的本质不恶，天性很乖，体态轻盈，毛又细软，但是她就没有明白表示要长期收养它的意思。我也没有明白表示我要改变不许它进门的初衷。事实逐步演变为它已成了我们家庭的一员。菁清奉献刷毛、挖耳、剪指甲全套服务，还不时地把它抱在怀里亲了又亲。我每星期上市买鱼也由七斤变为十斤。煮鱼摘刺喂食的时候，也由准备两盘改为三盘。

"米已熟了，只欠一筛。"最后菁清画龙点睛似的提出了一个话题。"这猫已不像是一只野猫了，似不可再把它当作街头浪子，也不再是小叫花子，我们把'小花子'的名字里的'子'字取消，就叫它'小花'吧。"

我说"好吧"。从此名正言顺，小花子成了小花。我担心的是以后是否还有二花三花闻风而至。

白猫王子五岁

　　五年前的一个夜晚，菁清从门外檐下抱进一只小白猫，时蒙雨凄其，春寒尚厉。猫进到屋里，仓皇四顾，我们先飨以一盘牛奶，它舐而食之。我们揩干了它身上的雨水，它便呼呼地倒头大睡。此后它渐渐肥胖起来，菁清又不时把它刷洗得白白净净，戏称之为"白猫王子"。

　　它究竟生在哪一天，没人知道，我们姑且以它来我家的那一天定为它的生日（三月三十日），今天它五岁整，普通猫的寿命据说是十五六岁，人的寿命则七十就是古稀之年了，现在大概平均七十。所以猫的一岁在比例上可折合人的五岁。白猫王子五岁相当于人的二十五岁，正是青春旺盛的时候。

　　凡是我们所喜欢的对象，我们总会觉得它美。白猫王子并不一定是怎样的美丰姿，可是它眉清目秀，蓝眼睛，红鼻头，须眉修长，而又有一副楚楚可怜的样子。腰臀一部分特别硕大，和头部不成比例，腹部垂腴，走起来摇摇摆摆，有人认为其状不雅，我们都不以为嫌。去年七月二十日报载："二十四日在美国佛罗里达州巴马布耳所举行的一九八一年'全美迷人小猫竞赛'中，一只名叫邦妮贝尔的小猫得了首奖。可是它虽然顶着后冠，却不见得很高兴。"高兴的不是猫，是猫的主人。我们不会教白猫王子参加任何竞赛，它已经有了王子的封号，还急着需要什么皇冠？它就是我们的邦妮贝尔。

刘克庄有一首《诘猫诗》，有句云：

饭有溪鱼眠有毯，忍教鼠啮案头书？

我们从来没有要求过猫做什么事。它吃的不只是溪鱼，睡的也不只是毛毯，我们的住处没有鼠，它无用武之地，顶多偶然见了蟑螂而惊叫追逐，菁清说这是它对我们的服务。我们吃饭的时候，它常蹲在餐桌上，虎视眈眈，但是它不伸爪，顶多走近盘边闻闻。喂它几块鱼虾鸡鸭之类，它浅尝辄止。它从不偷嘴。吃饱了，抹抹脸就睡，弯着腰睡，趴着睡，仰着睡，有时候爬到我们床上枕着我们的臂腿睡。它有二十六七磅重，压得人腿脚酸麻。我们外出，先把它安顿好，鱼一钵，水一盂，有时候给它盖一床被，或是搭一个篷。等我们回来，门锁一响，它已蹿到门口相迎。这样，它便已给了我们很大的满足。

"花如解语应多事，石不能言最可人。"猫相当地解语，我们喊它一声："猫咪！""胖胖！"它就"喵"的一声。我耳聋，听不见它那细声细气的一声喵，但是我看见它一张嘴，腹部一起落，知道它是回答我们的招呼。它不会说话，但是菁清好像略通猫语，她能辨出猫的几种不同的鸣声。例如，它饿了，它要人给它开门，它要人给它打扫卫生设备，它因寂寞而感到烦躁，都有不同的声音发出来。无论有什么体己话，说给它听，或是被它听见，它能珍藏秘密不泄露出去。不过若是以恶声叱责它，它是有反应的，它不回嘴，它转过身去趴下，作无奈状。

有人不喜欢猫，我的一位朋友远道来访，先打电话来说："听说府上有猫，请先把它藏起来，我怕猫。"真的，有人一见了猫就会昏倒。有人见了老鼠也会昏倒，何况猫？据《民生报》四月二十三日一篇文章报道，法国国王亨利三世一见到猫就会昏倒。法国国王查理九世时的大诗人龙沙有这样的诗句：

当今世上
谁也没我那么厌恶猫
我厌恶猫的眼睛、脑袋，还有凝视的模样
一看见猫，我掉头就跑

人之好恶本不相同。我不否认猫有一些短处，诸如偏强、自尊、自私、缺乏忠诚，等等。不过，猫，和人一样，总不免有一点脾气，一点自私，就不必计较了。家里有装潢、有陈设、有家具、有花草，再有一只与虎同科的小动物点缀其间来接受你的爱抚，不是很好么？

菁清对于苦难中小动物的怜悯心是无止境的，同时又觉得白猫王子太孤单，于是，去年又抱进来一只小黑猫。这个"黑猫公主"性格不同，活泼善斗，体态轻盈，白须黄眼，像是平剧中的"开口跳"。两只猫在一起就要斗，追逐无已时。不得已我们把黑猫关在笼子里，或是关在一间屋里，实行黑白隔离政策。可是黑猫隔着笼子还要伸出爪子撩惹白猫，白猫也常从门缝去逗黑猫。相见争如不见，无情还似有情。我想有一天我们会逐渐解除这个隔离政策的。

白猫倏已五岁，我们缘分不浅，同时我亦不免兴起春光易老之感。多少诗人词人唤取春留驻，而春不肯留！我们只好"片时欢乐且相亲"，愿我的猫能够长久享受它的鱼餐锦被，吃饱了就睡，睡足了就吃。

白猫王子六岁

今年三月三十日是白猫王子六岁生日。要是小孩子，六岁该上学了。有人说猫的年龄，一年相当于人的五年，那么它今年该是三十而立了。

菁清和我，分工合作，把它养得这么大，真不容易。我负责买鱼，不时地从市场背回十斤八斤重的鱼，储在冰柜里；然后是每日煮鱼，要少吃多餐，要每餐温热合度，有时候一汤一鱼，有时候一汤两鱼，鲜鱼之外加罐头鱼；煮鱼之后要除刺，这是遵兽医辜泰堂先生之嘱！小刺若是鲠在猫喉咙里开刀很麻烦。除了鱼之外还要找地方拔些青草给它吃，"人无横财不富，马无野草不肥"，猫儿亦然。菁清负责猫的清洁，包括擦粉洗毛、剪指甲、掏耳朵，最重要的是随时打扫它的粪便，这份工作不轻。六年下来，猫已经长得肥肥胖胖，大腹便便，走路摇摇晃晃，蹲坐的时候昂然不动，有客见之叹曰："简直像是一位董事长！"

猫和人一样，有个性。白猫王子不是属于"招之即来，挥之即去"的那个类型。它好像有它的尊严。有时候我喊它过来，它看我一眼，等我喊过三数声之后才肯慢慢地踱过来，并不一跃而登膝头，而是卧在我身旁伸手可抚摩到的地方。如果再加催促，它也有时移动身体更靠近我。大多时候它是不理会我的呼唤的。它卧如弓，坐如钟，自得其乐，旁若无人。至少是和人保持距离。

它有时也自动来找我，那是它饿了。它似乎知道我耳聋，听不见它的"咪噢"叫，就用它的头在我腿上摩擦。接连摩擦之下，我就要给它开饭。如果我睡着了，它会跳上床来拱我三下。猫有吃相，从不吃得杯盘狼藉，总是顺着一边吃去，每餐必定剩下一小撮，过一阵再来吃干净。每日不止三餐，餐后必定举行那有名的"猫儿洗脸"，洗脸未完毕，它不会走开，可是洗完之后它便要呼呼大睡了。这一睡可能四五个小时甚至七八九个小时，并不一定只是"打个盹儿"（cat nap）。我看它睡得那么安详舒适的样子，从不忍得惊动它。吃了睡，睡了吃，这生活岂不单调？可是我想起王阳明《答人问道》诗："饥来吃饭倦来眠，只此修行玄更玄。说与世人浑不信，偏向身外觅神仙"，猫儿似乎修行得相当到家了。几个人能像猫似的心无牵挂，吃时吃，睡时睡，而无闲事挂心头？

猫对我的需求有限，不过要食有鱼而已。英国十八世纪的约翰孙博士，家里除了供养几位寒士、一位盲人之外还有一只他所宠爱的猫，他不时地到街上买牡蛎喂它。看着猫（或其他动物）吃它所爱吃的东西，是一乐也，并不希冀报酬。犬守门，鸡司晨，猫能干什么？捕鼠么？我家里没有鼠，猫有时跳到我的书桌上，在我的稿纸上趴着睡着了，或是蹲在桌灯下面借着灯泡散发的热气而呼噜呼噜地假寐，这时节我没有误会，我不认为它是有意地来破我寂寥。是它寂寞，要我来陪它，不是看我寂寞而它来陪我。

猫儿寿命有限，老人余日无多。"片时欢乐且相亲。"今逢其六岁生日，不可不纪。

白猫王子七岁

　　白猫王子大概是已到中年。人到中年发福，脖梗子后面往往隆起几条肉，形成几道沟，尤其是那些饱食终日的高官巨贾。白猫的脖子上也隐隐然有了两三道肉沟的痕迹。它腹上的长毛脱落了，原以为是季节性的，秋后会复生，谁知道寒来暑往又过了一年，腹上仍是光秃秃的，只有一层茸毛。它的眉头深锁，上面有直竖的皱纹三数条，抹也抹不平，难道是有什么心事不成？

　　它比从前懒了。从前有一根绳子、一个线团，可以逗它狼奔豕突，可以引它鼠步蛇行，可以诱它翻筋斗竖蜻蜓，玩好大半天，直到它疲劳而后止。抛一个乒乓球给它，它会抱着球翻滚，会和你对打一阵，非球滚到沙发底下去不肯罢休。菁清还喜欢和它玩捕风捉影的游戏，她拿起一个衣架之类的东西，在灯光下摇晃，墙上便显出一个活动的影子，这时候白猫便蹿向墙边，跳起好几尺高，去捕捉那个影子。

　　如今情况不同了。绳子线团不复引起它的兴趣。乒乓球还是喜欢，但是要它跑几步路去捡球，它就觉得犯不着，必须把球送到它的跟前，它才肯举爪一击，就好像打高尔夫的大人先生们之必须携带球童或是乘坐小型机车才肯于一切安排妥帖之后挥棒一击。捕风捉影的事它再不屑为。《山海经》："夸父不量力，欲追日影。"白猫未必比夸父聪明，其实它懒。

哪有猫儿不爱腥的？锅里的鱼刚煮熟，揭开锅盖，鱼香四溢，白猫会从楼上直奔而来，但是它蹲在一旁，并不垂涎三尺，也不凑上前来做出迫不及待的样子。它静静地等着我摘刺去骨，一汤一鱼，不冷不热，送到它的嘴边，然后它慢条斯理地进餐。它有吃相，它从盘中近处吃起，徐徐蚕食，它不挑挑拣拣。它吃完鱼，喝汤；喝完汤，洗脸；洗完脸，倒头大睡。它只要吃鱼，沙丁鱼、鲢鱼，天天吃也不腻。有时候胃口不好也流露一些"日食万钱无下箸处"的神情，闻一闻就望望然去之，这时候对付它的方法就是饿它一天。菁清不忍，往往给它开个罐头番茄汁鲣鱼之类，让它换换口味。

白猫王子不是可以呼之即来挥之即去的。它高兴的时候偎在人的身边卧着，接受人的抚摩，它不高兴的时候任你千呼万唤它也相应不理。你把它抱过来，它也会纵身而去。菁清说它骄傲，我想至少是倔强。猫的性格，各有不同。有人说猫性狡诈，我没有发现白猫有这样的短处。唐朝武后朝中有一个权臣小人李义府（《唐书》列传第三十二），"貌状温柔，与人语必嬉怡微笑，而褊忌阴贼。既处权要，欲人附己，微忤意者，辄加倾陷。故时人言义府笑中有刀。又以其柔而害物，亦谓之李猫"。李猫这个绰号似乎不恰。白猫王子柔则有之，但丝毫没有害物的意思。它根本不笑，自然不会笑中有刀，它的掌中藏着利爪，那是它自卫的武器。它时常伸出利爪在沙发上抓挠，把沙发抓得稀烂，我们应该在沙发上钉一块皮子什么的，让它抓。

猫原有固定的酣睡静卧的所在，有时候它喜欢居高临下的地方，能爬多高就爬多高；有时候又喜欢窝藏在什么旮旯儿里，令人找都找不到。它喜欢孤独，能不打扰它最好不要打扰它，让它享受那份孤独。有时候它又好像不甘寂寞，我正在伏案爬格，它会嗖的一下子蹿上书桌，不偏不倚地趴在我的稿纸上，我只好暂停工作。我随后想到两全的办法，在书桌上给它设备一份铺垫，它居然了解我的用意。从此我可以一面拍抚着它，一面写我的稿。我知道，它不是有意来陪伴我，它是要我陪伴它。有时候我一站起身，走到书架去取书，它立刻就从桌上跳下占据我的座椅，安然睡去。它可以在我椅上睡六七个小时，我由它高卧。

猫最需要的伴侣是猫。黑猫公主的性格很泼辣刁钻，所以一向不是关在楼上寝室便是关在笼子里，黑白隔离。后来渐渐弛禁，两只猫也可以放在一起了，追逐翻滚一阵之后也能并排而卧相安无事。小花进门之后，我们怕它和白猫不能相容，也隔离了很久，现在这两只猫也能在一起共存，不争座位，不抢饭碗。

三月三十日是白猫王子七岁的生日，菁清给它预备了一份礼物——市场买菜用的车子，打算在天气晴朗惠风和畅的时候把它放在车里推着它在街上走走。这样，它总算是于"食有鱼"之外还"出有车"了。

白猫王子八岁

　　有人问我："先生，每逢你的白猫王子生日必写小文纪念，你生活中一定还有其他更可纪念的日子，为什么不写文纪念？"我生活中当然有其他值得纪念的日子，可歌的或是可泣的，但是各有其一定的纪念方式，不必全部形诸文字腾诸报章。白猫王子不识字，不解语，我写了什么东西它也不知道。平素我给它的不过是一钵鱼、一盂水，到它生日这一天仍是一盂水一条鱼，没有什么两样，难道还要送它一束鲜花或一张贺卡？我为文纪念不过是略抒自己的情怀，兼供爱猫的读者赏阅而已。

　　白猫今天八岁了，相当于我们的不惑之年。所谓不惑，是指不为邪说异端所惑。猫懂得什么是邪说异端？它要的是食有鱼、饮有水，舔舔爪子洗洗脸，然后曲肱而枕，酣然而眠。如果"饥来吃饭倦来眠"便是修行的三昧，白猫王子的生活好像是已近于道。有一位朋友来，看到猫的锦衾鱼餐，曰："此乃猫之天堂！"可惜这仅是猫的天堂，更可惜这仅是一只猫的天堂，尤可惜的是这也未必就是它的天堂。

我最引以为憾的是，猫进我家门不久，我们就把它送进兽医院施行手术，使之不能生育。虫以鸣秋，鸟以鸣春，唯独猫到了季节，蹿房越脊，鬼哭狼嚎，那叫声实在难听，而且不安于室，走失堪虞，所以我们未能免俗，实行了预防的措施，十分抱歉，事前未能征得同意。

猫和其他动物一样，需要伴侣。狮虎均属猫科。我曾以为狮虎都是独来独往，有异于狐群狗党。后来才知道事实不然，狮虎也还是时常成群结队地出现于长林丰草之间。猫也是如此，它高傲孤独，但是颇有时候也需要伴侣（最好是同类异性）。我们先后收养了黑猫公主和小花，但是白猫王子好像是"无友不如己者"，仍然是落落寡合。它们从不争食，许是因为从不饥饿的缘故，更从不偷食，因为没有偷的必要。偶尔也翻滚在地上打作一团，不是真打，可能是游戏性质。可喜的是白猫王子并不恃强凌弱，而常以大事小。

猫究竟有多么聪明？通多少人性？一九八五年十二月美国《麦考尔杂志》上有一篇文字，说猫至少模仿人类的能力很强：

一、有一只猫想听音乐就会开收音机。

二、有一只猫想吃东西就会按电动开罐头机的把柄。

三、有一只猫会开电灯。

四、有一只猫会用抽水马桶。

五、有一只猫会听电话，对着听筒咪咪叫。

六、有一只猫病了不肯吃药，主人向它解释，几乎声泪俱下，然后它就乖乖地舔药片，终于嚼而食之。

所说的可能全是真的。相形之下，白猫王子就显着低能多了。它没有这么大的本领。我们也没有给过它适当的训练。猫就是猫，何须要它真像个人？

昔人有云，鸡有五德。不知猫有几德。以我这八年来的观察，猫爱清洁，好像比其他小动物更能洁身自爱。每天菁清给它扑粉沐浴，它安然就范。猫很有礼貌，至少在吃东西的时候顺着盘子的一边吃起，并不挑三拣四、杯盘狼藉，饭后立刻洗脸。客人来，它最多在他腿上摩蹭几下，随即翘着尾巴走开。我有时不适，起床较晚，它会上楼到我床上舔我，但是它知道探病的规矩，不久留，拍它几下，它就走了。有时我和菁清外出赴宴，把它安置在一个它喜欢踞卧的地方，告诉它："你看家，不许动。"两三小时后我们回来，它仍在原处，不负所嘱。也许每一只猫都是如此，但是如果你拥有一只你所宠爱的猫，你就会觉得满足，为它再多费心机照护也是甘愿的。

猫捕鼠，有人说是天性使然。其实猫对一切动的事物都感兴趣。一只橡皮做的老鼠，放在那里，它视若无睹，不大理会。若是电动的玩具老鼠开动起来，它便会扑将上去。家里没有老鼠，偶然有只蟑螂，它常像狮子搏兔一般地去对付。窗外有鸟过，室内蚊蚋飞，它会悚然以惊。不过近来它偏好静，时常露出万事不关心的样子。也许它经验多了，觉得一动不如一静，像捕风捉影一类的事早已不屑为之。《鹤林玉露》："东坡云：'养猫以捕鼠，不可以无鼠而养不捕之猫。'"这句话不大像是东坡说的。豁达如东坡，焉能不知养猫之趣而斤斤计较其功利？

有一天我抚摩着猫对菁清说："你看，我们的猫的毛不像过去那样地美泽、秀长、洁白了。身上的皮肉也不像过去那样地坚韧厚实了。是不是进入中年垂垂老矣？"菁清急急举手指按在唇上，作嘘声，示意我不要再说下去。人恒喜言寿而讳闻老，实在是矛盾。也许猫也是不欲人在它面前直说它已渐有龙钟之像。我立即住声，只听得猫喉咙里呼噜呼噜地在响。

——一九八六年三月三十日

白猫王子九岁

　　有人问我为什么喜爱猫，我一时答不上来。我们喜爱一件事物，往往不是先有一套理由，然后再去爱，即使不是没有理由，也往往是不自觉其理由之所在。不过经人问起，就不免要想出一些理由来支持自己的行为。总不能以"本能"二字来推托得一干二净。

　　我是爱猫，凡是小动物大抵都可爱。小就可爱。小鸟依人，自然楚楚可怜，"一飞冲天鸣则惊人"的大鸟，令人欣赏，并不可爱。赢得无数儿童喜爱的大象林旺，恐怕谁也不想领它回家朝夕与共。小也有小的限度，如果一个小得像赵飞燕之能作掌上飞，那个掌恐怕也不是寻常的掌。不过一般而论，娇小玲珑总胜似高头大马。猫，体态轻盈，不大不小，不像一只白象，也不像一只老鼠，它可以和人共处一室之内，它可以睡在椅上，趴在桌上，偎在人的怀里，枕在人的腿上。你可以抱它、摸它、搔它、拍它；它不咬人，也不叫唤，只是喉咙里呜噜呜噜地作响。叫春的声音是不太好听，究竟是有季节性的，并不一年到头随时随刻地"关关雎鸠"。猫有一身温柔泽润的毛，像是不分寒暑永远披在身上的一件皮袍，摸上去又软又滑，就像摸什么人身上穿的一件貂裘似的。

白猫王子初来我家，身不盈尺，栗栗危惧，趴在沙发底下不敢出来，如今长得大腹便便，夷然自若，周旋于宾客之间。时间过得真快，猫犹如此，人何以堪？它现在是有一点老态。据我看来，它的健身运动除了睡醒弓身作骆驼状之外就是认定沙发的几个角柱狠命地抓挠，磨它的爪子，日久天长把沙发套抓得稀巴烂，把里面的沙发面也抓得稀巴烂，露出了里面装的败絮之类。不捉老鼠，磨爪做啥？也许这就是它的运动。有的人家知道猫的本性难移，索兴在它磨砺以须的地方挂上一块皮子。我家没有此装饰，由它去抓。猫一生能抓破几套沙发？

日本人好像很爱猫，去年一部电影《子猫物语》掀起一阵爱猫风潮之后，银座一家百货公司举行"世界猫展"。不消说，埃及猫、南美猫、波斯猫、日本猫全登场了。最有趣的是，不知是过度的自尊感还是自卑感在作祟，硬把日本猫推为第一，并且名之为"日本第一"。我看它的那副尊容，长毛大眼，短腿小耳，怕不是什么纯种。不过我也承认那只猫确是很好看。白猫王子不以色事人，我也不会要它抛头露面地参加展览。它只是一只地地道道的台湾土猫。老早就有人批评，说它头太小，体太大，不成比例。我也承认它没有什么三围可夸。它没有波斯猫的毛长，也没有泰猫的毛细。但是它伴我这样久，我爱它，虽世界第一的名猫不易也。

今天是白猫王子九岁生日，循例为文祝它长寿。

一九八七年三月三十日

黑猫公主

白猫王子今年四岁，胖嘟嘟的，体重在十斤以上，我抱它上下楼两臂觉得很吃力，它吃饱伸直了躯体侧卧在地板上足足两尺开外（尾巴不在内）。没想到四年的工夫它有这样长足的进展。高信疆、柯元馨伉俪来，说它不像是猫，简直是一头小豹子。按照猫的寿命年龄，四岁相当于我们人类弱冠之年，也许不会再长多少了吧。

白猫王子饱食终日，吃饱了洗脸，洗完脸倒头大睡。家里没有老鼠可抓，它无用武之地。凭它的嗅觉，它不放过一只蟑螂，见了蟑螂它就紧迫追踪，又想抓又害怕，等到菁清举起苍蝇拍子打蟑螂时，它又怕殃及池鱼藏到一个角落里去了。我们晚间外出应酬，先把它的晚餐备好，鲜鱼一钵，清汤一盂，然后给它盖上一床被毯，或是给它搭一个蒙古包似的帐篷。等我们回家的时候，它依然蜷卧原处。它的那床被毯颇适合它的身材。菁清在一个专卖儿童用物的货柜上选购那被毯的时候，精挑细选，不是嫌大就是嫌小，店员不耐地问："几岁了？"菁清说："三岁多。"店员说："不对，不对，三岁这个太小了。"菁清说："是猫。"店员愣住了，她没卖过猫被。陆放翁赠粉鼻诗有句："问渠何似朱门里，日饱鱼餐睡锦茵。"寒舍不比朱门，但是鱼餐锦茵却是俱备了。

白猫王子足不出户，但是江湖上已薄有小名。修漏的工人、油漆的工人、送货的工人，看见猫蹲在门口，时常指着它问："是白猫王子吧？"我说是，他就仔细端详一番，夸奖几句，猫并不理会，大摇大摆而去。猫若是人，应该说声谢谢。这只猫没有闲事挂心头，应该算是幸福的，只是没有同类的伴侣，形单影只，怕不免有寂寞之感。菁清有一晚买来一只泰国猫，一身棕色毛，小脸乌黑，跳跳蹦蹦十分活跃，菁清唤她作"小太妹"。白猫王子也许是以为非我族类其心必异，相处似不投机，双方都常呜呜地吼，作蓄势待发状。虽然是两个恰恰好，双份的供养还是使人不胜负荷。我取得菁清同意，决计把小太妹举以赠人。陈秀英的女儿乐滢爱猫如命，遂给她带走了。白猫王子一直是孤家寡人一个。

有一天我们居住的大厦门前有两只小猫光临，一白一黑，盘旋不去，瘦骨嶙峋，蓬首垢面，不知是谁家的遗弃。夜寒风峭，十分可怜。菁清又动了恻隐之心。"我们给抱上来吧？"我说不，家里有两只猫，将要喧宾夺主。菁清一声不响端着白猫王子吃剩的鱼加上一点米饭送到楼下去了。两只猫如饿虎扑食，一霎间风卷残云，她顾而乐之。于是由一天送鱼一次，而二次，而三次，而且抽暇给两只猫用干粉洁身。我不由自主地也参加了送猫饭的行列。人住十二层楼上，猫在道边门口，势难长久。其中黑的一只，两只大蓝眼睛，白胡须，两排白牙，特别讨人欢喜。好不容易我们给黑猫找到了可以信赖的归宿。我们认识的廖先生，他和他一家人都爱猫，于是菁清把黑猫装在提笼里交由廖先生携去。事后菁清打了两次电话，知道黑猫情况良好，也就放心了。只剩下一只白猫独自卧在门口。看样子它很忧郁，突然失去伴侣当然寂寞。

事有凑巧，不知从哪里又来了一只小黑猫。这只小黑猫大概出生只有六个月，看牙齿就可以知道。除了浑身漆黑之外，四爪雪白，胸前还有一块白斑，据说这种猫名为"踏雪寻梅"，还蛮有名堂的。又有人说，本地有些人认为黑猫不吉利。在外国倒是有此一说，以为黑猫越途，不吉。哀德加·阿兰·坡有一篇恐怖小说，题名就是《黑猫》，这篇小说我没读过，不知黑猫在里面扮的是什么角色。无论如何白猫又有了伴侣，我们楼上楼下一天三次照旧喂两只猫，如是者约两个星期。

有一夜晚，菁清面色凝重地对我说："楼下出事了！"我问何事惊慌，她说据告白猫被汽车轧死了。生死事大，命在须臾，一切有情莫不如此，但是这只白猫刚刚吃饱几天，刚刚洗过一两次，刚刚失去一黑猫又得到一黑猫为伴，却没来由地粉身碎骨死在车轮之下！我半晌无语，喉头好像有哽结的感觉。缘尽于此，没有说的。菁清又徐徐地说："事已到此，我别无选择，把小猫抱上来了。"好像是若不立刻抱上来，也会被车辗死。在这情形之下，我也不能反对了。

"猫在哪里？"

"在我的浴室里。"

我走进去一看，黑暗的角落里两只黄色的亮晶晶的眼睛在闪亮，再走近看，白须、白下巴颏儿、白爪子，都显露出来了。先喂一钵鱼，给它压压惊。我们决定暂时把它关在一间浴室里，驯服它的野性，择吉再令它和白猫王子见面。菁清问我："给它起个什么名字呢？"我想不出。她说："就叫黑猫公主吧。"

黑猫公主的个性相当泼辣，也相当灵活，头一天夜晚它就钻到藏化妆品的小柜橱里。凡是有柜门的地方它都不放过。我说这样淘气可不行，家里瓶瓶罐罐的东西不少，哪禁得它横冲直撞？菁清就说："你忘了？白猫王子初来我家不也是这样么？"她的意思是，慢慢管教，树大自直。要使这黑猫长久居留，菁清有进一步的措施，给公主做体格检查。兽医辜泰堂先生业务极忙，难得有空出来门诊，可是他竟然肯来。在他检查之下，证明黑猫公主一切正常，临行时给她打了两针预防霍乱之类的药剂。事情发展到此，黑猫公主的户籍就算暂时确定了。她与白猫王子以后是否能够相处得如鱼得水，且待查看再说。

千里寄佳音

写给林海音女士的信

海音：

收到《纯文学》，谢谢你。在海外读到中国杂志，如在他乡遇故知，别有滋味。信封上的住址你写错了，是 35th Ave，不是 3th Ave，但是幸而有"98125"字样，邮差认识姓名，依然投到不误。这一期的内容很丰富，花了我一天工夫大致读完。

台北根本不对出境客检查行李，可是西雅图却十分严格，我带了一包豆腐干，美国佬硬说是肉制品，意欲没收，几经说明无效，最后请来农业部专员鉴定，方允放行。他们态度并不坏，检查严格而脸上始终有笑容，一面要没收人家的东西，一面嘻嘻哈哈说笑话，并不绷脸皱眉，这就是美国人的可爱之处。

西雅图好冷好冷，早晨三四十度，最热的一阵不过五十几度。我们穿的衣服是春天的，此地气候是严冬！我们除了在家聊天，就是上街买东西——与其说是买，不如说是看。美国市场琳琅满目，看了真想买，一想二十公斤的行李限制，心就冷了。吃的嘛，可口的不多，还是我们台湾的好——不过小红萝卜真好，又嫩又甜又有水儿，比咱们北平的好像还胜一筹。不知你同意否？

我此次来不敢惊动任何人，不料报纸上登了一条小新闻，海外版也照登，钟露升看到了，他一加宣传，立刻就成了新闻。我在西雅图小憩，想到东部去。内人下飞机时，晕得厉害，欧洲之行怕有取消之必要。好在莎翁已经去世，凭吊故居也没有太大的趣味。不去也罢。我们身在海外，心在台湾，想念我们那个污脏杂乱的家园！

祝安

梁实秋顿首　一九六〇、四、卅

内人附候

海音：

我们今天飞到美国去了，连日阴雨又值感冒，未能走辞乞谅，垂暮之年，远适异邦，心情如何可以想见。匆此即颂

大安　承楹兄好

梁实秋顿首　一九七二、五、廿六

内人附笔

海音：

收到你的信，三张照片，照得好，洗印得好，只是其中有两个老丑不大好看。我每天早晨洗脸，不敢抬头照镜，然而，然而，有什么办法！前几天收到王节如写的三页长信，字迹有一点歪斜，看来这场病势不轻。据她说还要静养几个月。

谢冰莹也有信来，据告不拟再开刀。我觉得她太不幸了，我很同情她。她是一个很厚道的人。最近我收到大陆直接寄来的一封信，是我们的一个外甥从清华大学寄来的，这是这些年我第一次收到贴用那种邮票的信。大陆上的好多亲友都故去了！我母亲于十年前逝世，享寿九十，到今天我才知道，锥心惨痛！

顾先生有信给我（没回答我的问题），他是携夫人、女公子返去探视亲旧的，那边报纸有登载，还有照片，顾先生都复印给我看了。来书所述夫人患癌故去探视云云，不确。此间已下雪，唯落地即融，还没冷到程度。女儿、外孙和你一道返台，府上热闹可想。我 P.R. 杳无消息，谁说外国人办事敏捷，其不便民无以复加也。匆此即颂

大安　何凡先生好

梁实秋顿首　一九七三、十一、十
内人附候

海音：

内人于四月三十日早晨外出散步，不幸被路边油漆铁梯倒下击伤。急救行手术后未能从麻醉中醒转，遂告不治。享年七十四

岁。于五月四日葬于公墓。友人浦家麟从纽约，陈之藩从休斯敦，闻讯赶来，至为可感。现正办理法律手续。我突遭打击，哀哉痛乎，何复可言！心慌意乱，恕不多写。即祝

大安

梁实秋顿首　一九七四、五、五

承楹先生均此不另

海音：

得惠书及照片八帧，感激之至。看见灵堂景象，当然伤心，但是仍然想看。一面看一面流泪。明天是"断七"，要去上坟，以后就不定期地去了，已约花店每星期送一花束。一个多月来，我表面上较前稳定一些，内心苦痛则无时或已。文蔷已放暑假，可以不上学了，这一个月来，常常整天家里只我一人，一个人做午饭吃，真不是滋味，有几天两个孩子回来伴我吃饭，我心里另是一番难过。院里的花比去年旺盛，我不敢去看，一看就要大恸。寝室内一年四季皆有插花或盆栽，今后一律免除。我不能再看见花，一见花就只想摘下来送到坟上去！附上两张照片，去年照的，今年还没来得及，惜花人已长埋地下矣！匆上即请

大安

梁实秋顿首　一九七四、六、十四

写给陈秀英女士的信

秀英：

初离台湾，离乡背井，那滋味真不好受，尤其是你有孩子，更是牵肠挂肚了。我六年前到美国，羁旅孤单，那份凄凉非言可喻。我是一个 Family man，离不得家。所以我总是懒得到外边去跑。最近香港中文大学又要我去演讲三天，我还是拒绝了。俗语说，"金窝银窝不如家里的狗窝"，我就是一个舍不得离开狗窝的人。其实也即是没出息也。你只有一年多就回来，时间很快地过去，盼擅自安排，毋自苦。美国式的伙食也有可吃的部分，日久你自然习惯。不一定烧饼油条方能果腹。

任先生已得学校允许离台，不过颇为勉强，今年联考出题及阅卷都落在他头上，虽有炳铮帮忙，亦很吃重。

我译 Sonnets 已排好，Venus & Adonis 亦已译毕，仅余 Lucrece 一首，预计今秋九月间可以印出来。从此我即将向莎士比亚告辞矣。这个家伙缠了我好几十年。

台湾已开始暑热，听李方桂方从夏威夷来云彼处较台湾凉爽。旅中多加小心，要用功，但不要太用功。匆此即祝

刻安

梁实秋拜启　一九六八、六、卅

内人附候

舍下又遭小偷光顾，夜间二点半，我正醒着，故无损失云。

秀英：

好久没写信了，想生活安好。我来此已两月有余，总算定居下来，我上月内写了约十万字稿，成绩不算坏，主要原因是天气冷，穿着棉衣伏案作书不觉苦恼。我生活并不寂寞，一家六口，各个皆忙。看报纸杂志的工夫都很难得。一份《联合报》，隔日送到，则一字不漏地看完。我们虽然在美，心在台湾。生活环境再好，终归不是自己的家乡，异乡做客的滋味不好受。

大专联考，你一定大忙一阵。主持阅卷事宜，虽无多大困难，也要小心从事，不出毛病就算成功，人事应付一团和气也就算成功，我想你必能胜任。此际应该快放榜了。

附商务馆稿税收据一纸，盼得暇时到重庆南路一段卅七号商务印书馆，入门径登三楼办公室领取（扣印花千分之四）。暂存尊处可也。拜托拜托。

时局不大好，日本态度有变，对我不利，但台湾目前不会有危险，蒋"院长"作风颇为海内外人士所赞美，盼其能确实贯彻。

我想念受台风威胁、湿热难当、嘈杂纷乱的台北！祝安好，缵文先生及小妹均安！

梁实秋顿首　一九七二、八、三

内人附候

秀英：

　　一函一简都收到了。你在远东上班了，浦先生也有信告诉我。字典的事，真做好是不容易的，非身经其事不能懂。我们凭良心做事，尽力而为。远东在人事上始终未上轨道，浦先生不时地征询及我，我总是坦白以告，事实上现在依然问题重重。

　　你订购了房子，很好，如果再早一点可能价钱还可以低些。爬四楼也有好处，是一种运动，于健康有益。住在平地的人不是也想做爬山运动吗？到年底付款，如不足，可以告诉我，我可以帮你一点。我的版税也许以后可以多收一些。《雅舍小品续集》如果登出广告，盼剪下寄我。《看云集》不能拿到版税，因为那出版社穷，所谓"看云"是据陶诗"霭霭停云……"怀念过去的朋友，别无他意。

　　两位同事坐在一桌上吃饭而不讲话，那有多窘！此事我一点也不知道。原因何在，我只能尽可能地猜，乱猜。

　　李方桂夫妇在西雅图和我们见面两次，一次是我们请吃饭，那一天内人正好胃痛，所以愁眉苦脸地吃不下东西，现在好多了。我们一时尚不需药，需要时当再去函麻烦你。

前些天我们到海边去玩，值落潮，我们在滩上从水里捞取海带，装满一大袋，都拿不动了，满载而归，洗净炖肉，比干海带要好吃得多，多余的冻藏起来，够吃一年的。外国人见我们捞海带，惊诧不已，告以为了食用，以为惊讶。

乐滢暑后要进小学了吧？孩子长大一些，做母亲的可以稍微轻松一点。冷气机声音大，可能不是机器毛病，而是装在窗上不够稳牢，振动太大。请试从这方面想法，把窗口钉紧使机箱不动。此间热了两天，现在又凉了，又是冬装上身，夜拥棉被。从这冷的地方我若回到台湾，那股热劲真不敢想！匆上即祝

近安

梁实秋顿首　一九七三、七、廿三
内人附候

秀英：

先后两函均收到。朋友们的慰电亦收到。五月四日为内人葬日，典礼非常简单庄严，来吊者三十余人，我们家人多从院里采了她生前所最喜爱的花卉扎成花束放在她的灵前。除了奏哀乐之外，客人向遗体行礼，我答礼，然后车队送葬至此间最大的墓园，看着入土之后而去。我同时买了四块土地，预备我自己和文蔷夫妇将来也埋在一起，不教她在异乡孤寂。人人皆有死，本不稀奇，唯内人死得惨些，太突然些，使我心痛！内人一生忠厚，她把一生的精力、感情、时间、全部生命都奉献给我了，我看着她突然

舍我而去，幽冥永隔，我何以堪！朋友们的同情使我得到安慰。浦家麟先生闻讯立即飞来，到墓前展拜，陈之藩先生也飞来相慰，隔宿而去。我现在正办理法律手续，要拖很久才能有结果，事实上我的损失是无法补偿的。我身体还好，勉强支持，手颤心悸，睡眠困难，经医检查说是正常。此后我当更加努力工作，以慰亡妻在天之灵，如是而已。太上忘情，我还不能办到。我的心乱，请以此函顺便送在你附近的朋友们一阅，我就不另写了，谅之谅之。

居留问题已解决，五月一日收到移民局通知，嘱前往办手续，而内人未及见也，事实上她已获得长久居留矣，痛哉痛哉。我何日回台，现不能定，经此惨变，我不能不踌躇了。即祝

大安　谢谢

　　　　　　　　梁实秋顿首　一九七四、五、十
　　　　　　　　　缵文先生的吊慰

秀英：

五月八日函收到。英语系的同事们发起在善导寺为我亡妻做佛事，我看了信大哭一场。亡妻信佛，做佛事可能使她的魂灵得到安慰，此外我们不能做什么事了。所以我可以同意，请注意下列各点：

一、我自己不能来，因为一来正在进行诉讼，可能要我做证，二来绿卡尚未取得，短期内不便离开。一切拜托你偏劳。

二、规模要尽量小，不要太声张。念一坛经，超度她早生净土，历一小时足矣。不需布置，花圈挽联，敬求免赐。灵桌上有一两束鲜花即可。

三、费用应该由我负担，请代我付。千万千万。附上照片一帧，挽联一副，可纸裱后悬在照片两旁。用毕不必还我。今以此事相累，心极不安，无法言谢矣！

梁实秋顿首　一九七四、五、十四

秀英：

前天（六月四日）收到你五月卅一日函，今天（六月六日）收到你六月三日夜函，我放声大哭了一顿，不完全是为了亡妻逝世而伤感，是为了朋友们热心办这回事，使我感动得不能不老泪纵横了！内人地下有知，也一定感激流涕。人在这个时候才最知道朋友的可贵。你三日星期一有课，缵文先生也需要上班，整个上午在庙里照料，这怎么可以呢？累你们请假一上午，真是不好意思。我只能在此向你们二位致最诚挚的谢意。乐滢小妹妹也抽暇前去致祭，我也同样感谢她。灵堂布置，均极为得体，水果、花卉都是死者所喜爱，我心里不安的是惊动的人太多了。林挺生先生特别多礼，我的本省籍的朋友不多，他是我最早认识的，自从一九四九年起凡二十余年矣，差不多他每星期必看我一次，道义之交，言不及私。一生一死，乃见交情。他来吊祭，可感之至。

六月四日函谓陈祖文先生另有信给我并附剪报，但是我未收到陈先生信，不知何故，是否他忘了？

六月三日我凌晨即起，展开《金刚经》朗诵一遍，亦不知是诵是哭是号，历四十分钟而毕，已泪湿沾巾矣。这一个月来，我身体尚好，没有病，只是精神还是很脆弱，禁不得一点感触。一伤感，手便发抖。睡眠亦稍好，可睡五小时，逾此则不能安眠。

文墨轩的老板不肯收费，真是古道热肠，以后得便时代我申谢，我不另函了。张芳杰、陈祖文、吴奚真三位先生处我另函谢。附上的几封信，乞代分送。

梁实秋　一九七四、六、六

写给聂华苓女士的信

华苓：

照片收到，神采焕发，较之前更为年轻！另一张已寄孟瑶。来信仅写安东街九号，未写309巷，幸亏邮差机警，居然送到。王敬羲来，谈了两次，他颇想来台，因香港局势未可乐观，但此地谋一适当工作亦非易也。他告诉我你那里的生活状况，知道你很忙，但亦很愉快，我们亦为之欣慰。

孟瑶到台中去教书，偶有信来，据说有房一栋，尚称满意，在东海兼课，亦颇忙碌，无事不会来台北。

我自退休以来，生活较前轻松，日唯以译《莎士比亚》自遣，现已译至第三十六本，再过两三个月即可全部译完。现已交远东开始排印，预料暑后可出版。这是我一生中最大的一件工作，好坏不计，拖了三十多年卒底于成，私心窃喜。

海音编《纯文学》杂志，已出两期，销路还好，可卖两千余册。何以不见你的大作？在海外所闻、所见、所感，必有可以笔之于书者，盼抽暇执笔，勿忘台湾之读众也。

今日除夕，鞭炮之声盈耳，所谓勿忘在莒之训，已抛到九霄云外。在台湾居，大家觉得稳若磐石，可笑。久在外，亦想回台湾否？匆此即祝

旅安

梁实秋顿首　一九六七、二、八、除夕
内人附候

华苓：

接到你的圣诞卡，谢谢。自从你离开台湾，我们好像不只是少了一个朋友在一起，而是你带走了许多令人愉快的气息！海音办了一个《纯文学》月刊，内容不错，但销路不佳，听说书局赔了几十万。我自从退休，很少外出，八月间出版了《莎士比亚全集》，大热闹了一番，同时也是我结婚四十周年，女儿文蔷全家都在台，生活颇不寂寞。现在全力译莎氏之 Sonnets And Poems，一年内可竣事。本想环球一游，文蔷要住到一九六八年年底，我只好等她走之后，再计划旅行的事了。你的生活想必安善，有孩子们在一起，再加上事情忙，一定过得很好，前些时寄来照片，满面春风，即其明证。有闲暇时可以用中文写一点东西寄回台湾发表，因为台湾还有不少想念你的人。匆上即颂

年安

梁实秋顿首　一九六七、十二、廿八

169

华苓：

　　接到你的照片，好像比从前丰满些，我们看了很高兴。今年收到的圣诞卡，以你的为最漂亮而且有意义。朋友们越来越少了，夏菁全家迁往牙买加，孟瑶住在台中，一年难得见一面。海音也不常见，她忙。最近这两年，我的女儿全家来台（前天已回美），稍稍给我家带来一些热闹的气氛。但是热闹后的冷静，滋味也不好受。我的酒，一瓶瓶地增加，但无人来喝。

　　我想起，佛家所谓"八苦"其中之一是"爱别离苦"，另一是"怨憎会苦"，意思是"爱见的人见不着，不爱见的人偏常见面"。人生确是这样。我译完了莎士比亚戏剧三十七种，诗三卷，共四十册，去年出版后一星期即销出了三千部（因为大同的林挺生先生独自购了两千六百部分赠各学校）。我没有寄给你一部，实是因为太重，拿到邮局去都拿不动。我们的健康还算好，只是吃力的事情做不来了。美国的生活只有你们年轻人才能承担下来，所以我也不想离台，有机会也都婉谢了。你的两位女儿想必都好，我们诚恳地祝你们平安顺遂！

梁实秋顿首　一九六八、十二、十五

内人附笔

华苓：

　　隔了八年，又见到你，真是高兴，又会到安格尔先生，快慰生平。他送给我的诗集，已拜读过，知道他是一个很了不起的诗人。我首先读了那首《台北郊外》，感触极深。坦白、热忱、博爱，是美国的民族性，而能用细腻、朴实而又巧妙的文笔表达出来的人并不多觏。若干年前我听 Robert Frost 诵他的诗作，如 Birches、Mending Wall 那几首，印象之深永不能忘。如今读到安格尔先生的诗，我有同感。请你告诉他，我如何喜爱他的作品。沈从文的短函复印奉上。另字典两本，亦同时包裹寄去，乞哂纳。匆此即颂

　　大安

　　　　　　　　　　　　　梁实秋顿首　一九七二、八、三
　　　　　　　　　　　　　　　内人附候

华苓：

　　收到大作《沈从文》，谢谢。文字写得太好了，除了欣赏之外，还有钦佩与羡慕。沈从文的作品，是不是像你所说的那样有价值，我不敢说，因为有很大一部分我没有读过，我只看过他早年的写作。你在传记部分，忽略了抗战前三年中，他和杨振声合编中学国文教科书那一段，那些教科书辗转发到了我们编译馆，我适主管此事，有机会看到书稿，编得很好，只可惜不适合学校使用，

尤其不适合抗战期间使用，所以弃置未用。内人雪后跌伤，养了两个月才好，我做了两个月的护士，现已恢复我的写作生涯矣。匆此即候

　　大安

梁实秋顿首　一九七三、三、六

内人附候

华苓：

　　收到你的信。你若是想到大陆去观光，恐怕要多考虑一下才好。侯榕生的文章看到了，是王节如给我复印寄来的，只看到三段，写得相当具体而细致，文笔也不错，尤其是文字特别有个性。王节如割胆石颇不顺利，割后很久未愈，至今肚子上还插着一根塑胶管！

　　我译安格尔先生的一首诗，何欣说登在十月号《现代文学》，一直到现在我也没看到。我已写信给另外一位朋友打听。

梁实秋顿首　一九七三、三、廿八

写给小民女士的信

小民：

那天送我回家，累得你们二位没吃茶点，甚是抱歉。承告小时候的歌词，至感。唯《黄种应享黄海权》那首歌是我在十岁时唱过的，远在"九一八事变"之前，如果是日本人作的，也远在之前。我的记忆究竟是不行了，歌词只能记得那么一点点。天冷，珍重。

梁实秋顿首　一九八六、十二、五

小民：

示悉。说来惭愧，我没进过当铺。所谓"有板无毛"一语，我仅在相声中听到过，好像还有"虫吃鼠咬"四字紧接于后。"金鸡未叫汤先热，红日东升客满堂"的澡堂也没去过，只去过前门外观音寺街"西升平"高级浴室两次。所以我是孤陋寡闻的一个北京人，文蔷给《中国时报》已写了四篇文字，前两篇用笔名，阴年腊八，她将来台，届时当嘱趋前一晤。秋凉了，快甚！

　　　　　　　　　梁实秋　一九八七、十、廿三

写给林芝女士的信

林芝女士：

　　大函奉悉。承问有关我的几篇文章的背景及写作动机，谨简答如下：

　　一、《记张自忠将军》一文，写于张将军忠骸葬于四川歇马场梅花山之后不久。我与张将军只有一面之雅，但是我在抗战时于一个多月之间拜访了七个集团军总司令，其中给我印象最深的就是他。他朴素、诚实、勇敢，在将领中不可多得。他的灵枢由重庆沿嘉陵江运到北碚，由北碚再循公路到歇马场与长生桥之间的梅花山安葬。梅花山并无梅花（也许以后补植了），并且只是一个小土岗。我曾数度由北碚步行到那里去凭吊。像张将军一生的行为，应该愧煞那些骄奢放肆的文武官员。所以我写了那篇文章。

　　二、《鸟》是我在四川写的。写的动机很简单，因为我爱鸟。我爱鸟的娇小玲珑的身躯，我爱鸟的自由跳踉的姿态，我爱鸟的婉转清脆的声音。但是我不是提笼架鸟的人。我只是在心里虔诚地深深地爱着。我不能不敬服造物者的灵思妙手，竟创作出这样美的生物来点缀人间！

三、《论散文》只是一些粗浅的见解。不过我一直认为散文应该干净利落，少说废话，少用赘词。我们常看到的散文，其实不是散文，只是说话的记录，而且是啰唆冗杂的谈话的记录。散则有之，文则未也。

此外您提出的问题，如少年时代生活及所谓好书等，则一时难于尽述，尚乞见谅。

　　　　　　　　　梁实秋　一九八一、十一、廿九

林芝小姐：

　　接到你二月廿四的信。我很忙，同时我也不愿多写我自己，感于你的诚意，略供一点材料，请你斟酌编写吧。

一、在学校得到一位好教师，因此我喜欢"作文"一课。他教我笔下要"割爱"，要简洁。我每次作文都用心写，老师也用心勾改，获益不浅。在清华毕业那年，主编《清华周刊》，大事写作练习。从此进入写作一途，开始向报纸投稿。我父亲要我每年暑假补习国文作文，请陈大镫先生批改作文，对文言文及旧诗，稍窥门径。到美国念书三年，每周写家信，规定用文言、毛笔写。但是我还是文白相间。从此对于写作不视为畏途而引以为乐。

二、少年时代读书经验，起初是缺乏纪律，随兴之所至随意阅览，以后渐知其非，努力自修。国学无根底，但是我肯恶补，真正用功读书是在三十岁后。

三、我没有什么鲜为人知的少年事。我素体弱，又不肯用心体育，清华毕业考包括体育，其中100码我跑了二十多秒，400码跑了一百多秒，掷铅球我偷换了一个较小的球，游泳几乎淹死，赖友人用竹竿把我救起，于是游泳要补考，结果连游带爬，喝了不少水，勉强通过，比别人迟毕业一个多月。现在才知道体育的重要。有一次几乎被学校开除，因为我在周刊上鼓吹男女同校，言论过激，赖同学抗议声援始得幸免，此亦一趣事也。

关于我的资料，可参考《我在小学》（刊《传记文学》某期）、《秋室杂忆》《白猫王子》《秋室杂文》等。

匆匆即祝

大安

梁实秋拜上　一九八三、二、廿七

写给孙伏园先生的信

伏庐先生：

前蒙赐晤，快慰平生。

《冬夜评论》可否登载？因系友人托嘱，故敢渎问，请明以告我。

足下曾云："适之先生近亦有论诗的文字。"不知载在何处。因急于一读，望暇时示及。

昨读副刊中之《夏夜梦》，大妙！用意之刻颇似《阿Q正传》。大概是浪漫主义与写实主义掺搅成功的吧。但是今天的副刊又不继续登了，怅甚！

祝你健康！

弟梁治华　八、廿

写给舒新城先生的信

新城先生：

    执事前承约编《文艺批评纲要》及《现代英美文学》二书，盛意至感，弟自离沪后南北奔波，数月间迄未安顿，至今方稍得暇晷。唯两年均未动手，若不宽假期限，诚恐有误出版。盼即另觅高明以免延误，专此道歉。即颂

    著安

弟梁实秋顿首　十一、四

新城先生：

    我最近译了一部英文小说《织工马南传》，计十万字，我想要卖五百元，不知中华书局肯买否？

    这本小说我想你一定知道的。因为原文已由中华翻印编为英文文学丛书之一了。我想你们既印了原文，现在正好再把译文印

出来。希望早些得到您的回信。即颂

著安

弟梁实秋拜上　九、十五

新城先生：

前得复书，承允印拙译《织工马南传》，盛意至感。该书既未能列入世界文学全集，稿费格于定章，则弟亦不敢相强。已另售与他家矣，兹复有恳者。

友人费照鉴君执教武汉大学两年，现在青岛大学与弟为同事，对于文学造诣极深。近作《浪漫运动》一书，凡数万言，属弟一言为介。书稿已由费君直接邮上请教。贵局能否收印是书？恳早裁复为幸。

至于稿费一项，则费君并不计较也。琐渎乞亮。即颂

大安

弟梁实秋顿首　十、廿七

新城先生：

遵命将拙稿《文艺批评论》应备之序文、编辑凡例、各章问题及参考书目等项拟就另邮呈教。如有不合之处，请斧正为荷。将来出版时，乞赐下数册，特先请求。

在贵馆出版英文《织工马南传》，秋曾在此间用作课本，唯

内中注释错误不少。秋曾译为中文，已由新月出版，现拟再印一中英对照本，未审贵馆可以担任印行否？请便赐复为感。即颂

　　大安

弟梁实秋拜启　十一、六

新城先生：

　　兹另包挂号寄上赵少侯先生译《恨世者》一稿。赵君系敝校法文教授，文学造诣颇深，在《新月》曾刊《迷眼的沙子》一册，在商务曾印《山大王》一册，均蒙好誉。彼现因需款，欲将此稿售与贵店。如蒙接收，可在明年贵店出版之《大中华杂志》逐期刊载，可印单本，作为世界名著丛书之一。此稿经弟校阅无讹，可为担保。稿费多少悉听酌裁，乞勿却为祷。即候

　　大安

弟梁实秋拜启　十二、十七

写给余光中先生的信

光中：

　　别来刚满半年，日前申请延期居留，尚未得批复，如不准，当即摒挡作归计，亦良佳也。在此居住，一切都好，唯饮食不佳，牛羊腥膻，不如我们的青菜豆腐。以前胃健，甜咸冷热一律不忌，如今年事稍长，亦不免挑三拣四矣。又加新染胃病，时复一发，不能不加小心。一饮一啄，莫非前定，人生到此，喟喟而已。所编《英国文学史》，野心太大，实力不足，日夜苦读，犹不足以补苴知识上之遗阙，现完成尚不及半，以言杀青，人寿几何？尽力为之而已。夏菁返台，失之交臂，怅何如之，不知现在是否仍在牙买加，便中告我其通信住址。政大系务繁杂，可想而知，文书鞅掌之余，不知尚有诗兴否？此间已届初冬，红叶落尽，唯待降雪使我一开怀也。匆此即候

　　近安

梁实秋顿首　一九七二、十一、廿五

光中：

　　得来书，甚喜。介绍信附上，希望你能顺利成行。香港在某些方面可能比美国还好些。至于学校好不好倒无所谓，因为教书本非我们的本愿，不得已而为之，在哪里执教都是一样。匆此即颂

　　近安

梁实秋顿首　一九七三、七、六

写给陈祖文先生的信

祖文、陈太太：

我们现已返回西雅图。祖文在检查身体后，想必一切安好。饮食起居，务必注意。我们到华府盘桓三天，人困马乏，仍然是走马看花，目不暇接。在纽约，浦家麟、陈达遵夫妇、张之丙、徐建文来接。住了四天，每天跑得两腿清酸。美国的食物真不好吃，在纽约才吃到够水准的中国酒席。此外，各地一律地牛排、炸鸡之类，吃久了难以下咽。在加拿大吃到一碗芥菜豆腐汤，大为高兴。此行最感兴味的是水牛城之尼亚加拉瀑布，我们在美国方面住了一夜，到加拿大方面又去住了一夜，看夜景很有趣。瀑布雄伟，不愧为世界奇景之一。随后我们到 Detroit 住了两夜，参观了福特王国的一切设施及纪念物。祖文译过《福特传》，一定知道他的一切。此人确是一个人物，不但有毅力眼光，而且有服务人群的热忱。财富之雄厚，固然惊人；而其为人更为难能可贵。他的住宅壁炉，有一排字 "Chop your own wood and you'll get warmed twice"意义深远。我们二十三日飞返西雅图，家里锁窗闭户凡两星期，一无损失，只是干死了两盆小花。美国的治安还是比我们强。东部之游告一段落。西部当再出游一两次，然后就要归去来兮。达遵也不主张我去斯特拉福，他的理由是：莎氏在十八岁就离开家乡，老时没住几年就死了，斯特拉福不是他一生活动的背景，有何可看？达遵与我长谈，他说明年或后年夏天返回台湾过一个夏天。目前他在联合国做事，收入不恶。张之丙嫁了外国人，我事前还不知道。此地天气真好，不热，早晚很凉。匆此即颂

双安

梁实秋拜启　一九七〇、六、廿四

内人附候

祖文：

十月十二日函诵悉，知明年有机会可以来美一游，甚为欣喜，希望能成为事实。我们在此已将近五个月，一切并未习惯，只是麻木了，不适应也得适应。中秋节稀里糊涂地过去，因为这里很少人还记得阴历。昨天是重阳，今天才发现。双十节那天，因为"领事"请酒会，才没忘记，这种应酬我一向不参加，如今国家多故，倒不好不去捧场，有三四百人参加，中外皆有，唯独缺乏年轻的学生，好像一个都没有。

此地深秋，枫红似火，人谓"枫叶红于二月花"，我则谓霜林亦知衰老，犹人之华颠。旬日之内，红叶均将脱落，委弃于尘

埃中。肃杀之气，令人悚然。

近读郭沫若的《李白与杜甫》一书，虽多宣传意味，但亦颇多新解。斥杜甫为地主阶级，为统治阶级服务，列举许多诗句为证，可发一笑。

陈宏振先生是清华毕业，比我早约十年，此际应在八十岁左右，他英文根底好，只是太老了，住在政大前来兼课，得毋过于劳苦？

每日读台湾航寄报纸，得知台北一切新闻，同时看此间报纸及各种刊物，对于岛内大事不能不抱隐忧。如今美国并无撤退意图，俟大选揭晓，局势当更趋明朗。

内人健康尚可，血压及风湿均未大犯，只是对此间饮食不能满意，难得买到一次豆腐或豆芽，颇怀想台北菜市所能买到的一切一切。我欣赏本地特产的苹果，现正大量上市，二角五一磅，新鲜甜美，梨亦不恶，葡萄已过时。这里一切都贵，唯鸡蛋比台北廉，约三角一打。在台湾想出来玩玩，出来又想回去。如此人生！匆此即请

大安、尊夫人安

梁实秋顿首　一九七二、十、十七
内人附候

祖文：

七月廿八日函收到。你译完了《当代美国诗》，真是可贺。

186

当代诗比过去的诗难译，一则是没有注解，全凭自己揣摩；二则是写作方法不同，侧重内心直觉，往往难以索解。译者必须细心体会方能懂得作者之用心，此事非你莫办。我相信你的翻译必定精彩。

我写的《英国文学史》，因生活动荡，搁下了很久。现写完了弥尔顿，十七世纪尚有一半待写。古代固然难写，近代的也有其不易处理之点。我自讨苦吃，不知何日完成。深悔下手太迟，如二十年前动笔，情形完全不同矣。暇时在读《诗经》，已读完国风部分。深觉好大部分皆不可究诘，前人注诗大半胡说，近人研究亦多附会。文字解释尚在其次，诗的本事多不可考也。目前我在赶写一个小册，纪念我的故妻，因为我自丧偶后实在哀痛，想写一点东西稍泄我的哀思。我十一月初必定回台小住，我没有什么事需要你帮助，唯颇希望你如有兴趣可和我一同游玩游玩，能有朋友在一起谈谈便是我唯一的乐事也。日前王敬羲来，一饭而去。匆此即祝

大安

梁实秋顿首 一九七四、八、三

写给吴奚真先生的信

奚真：

惠书拜悉。齐主任尚未来信，俟有信来，方敢动笔。官方做事照例迟缓，无分中外皆然。翻译中文作品，弟不热心，亦不欲浇冷水败人意耳。

编译馆编英文教科书过去处理乖方，乌烟瘴气，基本毛病出在徒慕虚名不重实际。望重官高，与教科书乃截然二事，今后如仍不改此弊，必将无一是处。退休教授在图书室看书，受到奚落，真是可慨之至。弟退休后在图书馆亦有不愉快之经验，以后遂决不再去。教授肯看书，乃学校之光，欢迎之不暇，讵可加以歧视？少年躁进之士往往不识大体，令人太息而已。

编译馆欲编《英国文学史》，对弟乃一大好消息，可在鞭策下走努力工作。以弟最近两年经验，此事大非易事，眼高则手低，资料多则选择难，同时平素读书太少，认识不够真切，一动手方知困难重重。

浦家麟先生编《汉英字典》事，可拟一计划试商。条件必须订定清楚确实。最近远东为编数学教科书，弄得很不痛快，刘锡炳先生愤而去职，想兄亦有所闻也。

大雪之后偶出散步，内人不慎跌了一跤，伤及胯骨，僵卧静养中，贪图赏雪乐极生悲，不幸之至。匆此即颂

大安

弟梁实秋顿首　一九七三、一、九

奚真：

惠示拜悉。拙稿《放风筝》一篇，编译馆尚未寄来，乞顺便注意及之，我要事先看看，一来是看看他的改笔令自己受惠不浅；二来万一有可商量处仍可及时提出也。前函曾谓Rolails治胃痛颇有效，不知此药台北能否买到？请告知我。如买不到，则敝寓离菜市邮局均近，早出散步购买付邮极为便利，当以小包奉上一试。请勿客气。

国语中心，见发达，老兄调度有方，至可欣慰。行政琐务当然毫无兴趣可言，唯对国语教学方法加以研究也是一大贡献。美国近来对中国（尤其大陆）发生热狂，实则仍甚肤浅，关于文化语言等项则各机关大抵不肯多用钱多请人。美国人急功近利，所见不远。弟在此将近一年，对美国之估价日益降低。何欣婚后生活当较轻松，我很为他高兴。匆此即颂

大安

弟梁实秋顿首　一九七三、四、廿一

写给蔡文甫先生的信

文甫先生：

《杂感》一文刊出，谢谢。内有"反唇相稽"一语，我记得我没写错，但是印出来成了"反唇相讥"。是我写错了吗？乞代一查。

梁实秋顿首　一九八四、三、五

文甫先生：

张放先生书题已写好寄去。

童话译了一半，我想还是放弃为宜，你的好意我心领了。陈清玉女士的译本很不错，适合儿童阅读。我疲倦了，让我休息一阵。

梁实秋拜上　一九八六、五、十三

梁先生译了一半的童话，是 E. B. White 著之 Charlotte's Web，经禀明已由陈清玉译成《神猪妙纲》，编列《九歌儿童书房》第二集；但译文因译法和功力不同，建议另行发表及出版；但梁先生看了陈清玉译本认为很不错，最后仍放弃未译，致译了一半的童话，未能和读者见面，殊为可惜！

——文甫附志

文甫先生：

那天颁奖典礼，我是力疾赴会的，因为糖尿病发，而且这一次较重，外表看不出来，几度几乎晕倒。近日服药，病状稍可。

胡有瑞文，写得极好，放在后面做附录，体例不合，且有自夸意味，以不采用为宜。胡文二十余页，我拟另写一序，尽量写长，也许有几千字。书薄一点无妨。《老子》不过五千言，一笑！书排好乞即连原文一并寄下，以便着手写序。

弟梁实秋顿首　一九八六、十、九

文甫先生：

我正在为联副赶写一篇《抗战时的我》，勉强应命，很苦。俟完篇当为华副写。

老牛奶已挤干，勉强挤，挤出来的奶质量均差，而且痛。理宜放诸牧场休息也。然乎否耶？

梁实秋顿首　一九八七、六、十一

191

写给梁锡华先生的信

锡华先生：

惠函收悉。此次台北快晤，足慰生平。二十三日晚《中国时报》派人送来访问记录，当即予以校阅，改正若干错误，不意翌晨即已见报，并未来取弟之校阅稿。《联合报》迄今未予披露。双方对弟均无任何交代。先生所谓"君子协定"只有协定，不见君子，亦怪事也。何日再来，弟企望之。天热如焚，唯珍重不宣。

弟梁实秋顿首　一九八〇、八、二

锡华先生：

大函并件收到，谢谢。《有余篇》甚有情致，谈言微中四字庶足以当之。杯勺余沥，往往胜似大馔，拜服之至。

批评有如明镜，可鉴得失，唯普罗一派之哓哓不休，则有如或凹或凸之"哈哈镜"，视之可发一笑而已。春来有意来台一游否，甚企望之。

弟梁实秋拜上　一九八二、三、卅一

锡华老弟：

廿一日函悉。Spenser 没有中译，他的巨著 The Faerie Queene，无法译，每节九行，前八行五音步，后一行六音步韵三换，我曾试译，知难而退。岛内研究 Spenser 的学者亦绝无其人。记得张心沧先生的爱丁堡大学博士论文好像是《Spenser 与〈镜花缘〉之比较研究》。此外我就毫无所知了。

旧历年欢迎你来。高信疆即将赴美进修两年，副刊改由余纪忠之女公子继任编辑，事出突然，不知其中详情。匆上即请

大安

梁实秋顿首　一九八三、一、廿七

此处破损，系猫所咬。

锡华：

Spenser 在中国没有文献可述，既无翻译，亦无评述，因为文字的内容与形式都不容易被中国读者欣赏。我编的《英国文学史》，稿于三年前完成，至今未能出版，遗憾之至，现稿不在手边，我也不大记得我在稿中有关 Spenser 一段是怎样写的了。我对 Spenser 也无好感。不过 Spenser 却有 Poets' Poet 之美名，可惜他的主要作品，用寓言式神话题材，不合现代人口味，诗体又

繁复，不可能译为中文。来书索资料，对不起，只好交白卷，乞谅！

梁实秋顿首 一九八三、二、六

请注意：Spenser 非 Spencer

写给沈苇窗先生的信

苇窗吾兄：

得七月三十日大函及《大成》三册，知八月初大驾不来台矣。拙文中提起之陈敦恪，非陈登恪也。登恪为我熟识，敦恪则海上偶遇。孙元良将军所寄之朱元璋像，我曾藏起，但忘所藏之处，今遍索不得。此亦年老昏聩之一端欤？

此间曝热，如火烤，苦也苦也！

弟实秋拜上　八、三

昨天才收到这张朱元璋像，是不相识之读者寄来的，惜未说明来源，不知还赶得上用否？

此上

苇窗先生

梁实秋　一九八七、八、十八

写给夏菁先生的信

夏菁吾兄：

前得惠书，久未复，为歉。夏令已至，科罗拉多避暑胜地，令人艳羡之至！此间溽暑难当也。

王敬羲来，小住旬日，已返回香港，不久即飞美，与聂华苓同一学校。敬羲五年不见，真当刮目相看，较前成熟甚多，张牙舞爪之态免去不少。与李敖一见如故，英雄相见恨晚。光中今年不回，其夫人拟下月赴美。《文星》按期看到否？此间空气沉闷，在文艺方面亦奄奄无生气。光中为一健者，私心颇盼他能回来。

我主办的英美文学丛书，年底前可出十二种，已有两种在排印中，一为《哈姆雷特》，一为《哈代诗选》。《培根散文集》亦将付印。以后如能继续，盼兄亦参加工作。如 Frost 之类的诗选，即甚需要。盼早做准备，收集资料。

今年暑假特长，十一月三日方上课。我译莎氏稿又已完成五本，如无意外，全集或可译完。友人谓我如译不完便死不了，如

想一死了事，天下无此便宜事！思之可发一笑。匆此即请

大安

弟梁实秋顿首　一九六五、七、十九

夏菁吾兄：

得来书，喜甚，我一直很想念你。"相见亦无事，不来忽忆君"，我确有此感。大作《山》已收到，而且我写了一个短评，附上一阅。我写的《英国文学史》五年前卖给了大同公司，没想到主事者拖了五年，尚在校阅中，我并不急于问世，但是颇为沮丧。年渐老，《中国文学史》写不动了。鲍照诗"意气敷腴在盛年"，洵不诬也。年来只写了若干短篇遣兴文字，不足道也。

老兄退休，以回到台湾为最得计，盼加考虑。回首前尘，不胜感慨，何日归来，重与论文？匆上即颂

双安

弟梁实秋顿首　乙丑元旦
一九八五、二、廿

写给罗青先生的信

罗青先生：

　　来书拜悉。壮游世界，真可羡慕。弟亦有此想，但力不从心矣。我所以未至英国一游，亦以此故。不过 Arthur Waley 终身研究中国文字，未曾一履中土，思之亦复何憾？现已决定十一月上旬返台北，住处已托友人代订，承关注，至感至感。弟生活枯寂返回台北稍换环境。届时当再图良晤也，匆此即颂

　　大安

　　　　　　　　　　　　　　　　　弟梁实秋顿首　一九七四、九、廿八

　　罗青戏作嵌字打油诗一首录呈以博一笑
　　芳草粘天碧
　　华筵开雀屏
　　罗裳鸾凤侣

日暖春常青

旅游归来得佳作否

梁实秋顿首一九七六、一、七

罗青先生：

　　谢谢你给我的《水稻之歌》。要一首首地慢慢咀嚼，诗不能大口地吞。你的诗有独创性，既豪爽，又细腻，我甚倾服。《生日歌》尤获我心。我参加任何生日派对，从不开口和唱那不伦不类的英文歌，我认为那是堕落。中国人为什么要唱英文歌？为什么要吃蛋糕？为什么要在糕上插蜡烛？

梁实秋　一九八三、七、十七

　　我已搬家

写给陶龙渊先生的信

龙渊先生：

　　辱函赐唁，感激之至。内子惨遭意外，言之痛心，五十年夫妻形影不离，一旦永诀，其何以堪。现托律师进行讼事，然损失实无法补偿也。陈秀英来函，拟在善导寺为做一场法事，因内子生前信佛，朋友们有此好意，自未便拒绝，然弟无法归去一哭。

　　离台后知杨伯玉兄亦已作古，人生无常，可叹也已。见蒋孟璞先生时，乞代问候。匆此即颂

　　大安

弟梁实秋顿首　一九七四、五、十七

手颤，乞谅。

关于徐志摩的一封信

一九五八年四月我写了一个小册《谈徐志摩》，发表了徐志摩写给我的一封信，原信是写在三张粉红色的虎皮宣的小笺上，写作俱佳，所以我为之制版以存其真。其内容是这样的：

秋郎：

　　危险甚多须要小心原件俱在送奉察阅非我谰言我复函说淑女枉自多情使君既已有妇相逢不早千古同嗟敬仰"交博"婉措回言这是仰承你电话中的训示不是咱家来煞风景然而郎乎郎乎其如娟何微闻彼妹既已涉想成病乃兄廉得其情乃为周转问询私冀乞灵于月老借回枕上之离魂然而郎乎郎乎其如娟何

志摩造孽

原文没有标点，字迹清楚，文意也很明白。但是读者也有误会的。误会志摩是一个儇薄轻佻的人，引此信为证。由于我发表了一封私信，使志摩蒙不白之冤，我不免心中戚戚。事隔五十余年，也许我现在应该把这一件私人的小事澄清一下。

民国十九年夏，我在上海。有一天志摩打电话来，没头没脑地在电话里向我吼叫："你干的好事，现在惹出祸事来了！"当时我吃了一惊。他说他刚接到黄警顽先生的一封信。黄警顽先生是上海商务印书馆办理交际事务的专员，其人一团和气，交游广阔，三教九流无不熟稔，在上海滩上有"交际博士"之称，和朱少屏博士办的寰球中国学生会常常合作，可谓珠联璧合。我在民国十二年出国留学，道出上海，就和这位交际博士有过数面之雅。志摩信中所谓"交博"即此君。所谓"原件俱在送奉察阅"即黄警顽给他的信，此信我未留，其中大意是说他受友人某君之托，嘱设法代其妹做媒，而其属意之对象是我，他请志摩问我意下如何。志摩得此怪信即匆匆给我电话。

我听了志摩电话，莫名其妙。我说："你在做白日梦，你胡扯些什么？"

他说："我且问你，你有没有一个女生叫×××？"

我说："有。"

他说："那就对了。现在黄警顽先生来信，要给你做媒。并且要我先探听你的口气。"

我告诉他，这简直是胡闹。这个学生在我班上是不错的，我知道她的名字，她的身材面貌我也记得，只是我从来没有和她说过一句话。我在上海几处兼课，来去匆匆，从来没有机会和任何男生女生谈话。

志摩在电话中最后说："好啦，我把黄警顽先生的信送给你看，不是我造谣。你现在告诉我，要我怎样回复黄先生的信？"

我未加思索告诉他说："请你转告对方，在下现有一妻三子。"此外没有多说一句话。

此事就此告一段落，志摩只是受人之托代为问询，如是而已。志摩信中所谓"涉想成病乃兄廉得其情乃为周转问询私冀乞灵于月老借回枕上之离魂"云云，也许是文人笔下渲染，事实未必如此之严重。不过五十多年前，男女社交尚不够公开，无论男对女或女对男都受有无形的约束，不能任意交往，而师生之间可能界线更严一些。这件事，在如今不可能发生，如今谁还会肯"乞灵于月老"？

志摩一度被人视为月老，不料反招致不虞之谤，实在冤枉，故为剖析如上。

旧笺拾零

检视行箧，发现旧笺若干，往事如烟，皆成陈迹，人已作古，徒增浩叹。发表几件在这里，以为纪念。

郭沫若的一封信

一多、实秋：

信接到。拜伦专号准出（在二卷三号或四号），我在外还可约些朋友，稿齐请即寄来。我现在异常忙碌，年谱手中无书，恐难编出，请你们供给我些材料吧。达夫已北上，在北大、法大两校任课，仿吾不日返湘，沪上只能留我一人了，周报事太忙，望你们救我。实秋，一别便又秋尽冬来了，几时我们终得痛饮一场呢？你的病曾就医否？在回马路中笔此。

沫若　十一、十六

郭沫若的这一封信是民国十二年冬写的。寄到美国科罗拉多温泉。当时，我和一多在该处读书。一多和沫若没有见过面，但是一多在民国十一年曾写一篇长文批评郭译之峨漠伽耶姆的四行诗（《鲁拜集》），指出其中纰误，文发表于《创造季刊》，沫若不以为忤，且表示敬服之意，其雅量有足多者。所以他在十二年冬写这封旨在索稿的信。

　　我在十二年夏赴美，晤沫若于沪滨。郁达夫陪我到民厚南里去见他。一楼一底的弄堂房子十分简陋，成仿吾和他住在一起。我对沫若说我患甲状腺肿，他就说："我是医生，我来给你看看。"略一检视，他就说这是"巴西多氏症"（Basedow's Disease），返身取出一大本医书，指给我看，详述此症症状及疗法，嘱我到了美国立即诊疗。我承他指点，到美后乃就诊于贝克医师诊所，服用碘质，照太阳灯，月余而瘥。他来信询及"病曾就医否"指此。那天在他住房勾留片刻，不觉至午，他坚留午饭，只见一巨钵辣椒炒黄豆芽由其日籍夫人安娜捧置桌上，我们四人聚食，食无兼味。约于晚间到会宾楼饮宴，由泰东书局经理赵南公的公子陪往付账。我于劝饮之下不觉大醉。我在沪停留十余日，为《创造周刊》写了一篇《苦雨凄风》。离沪之日，船泊浦东，沫若抱着他的孩子到船边送行。这就是我和沫若交往的经过，从此以后未再觌面。

郑振铎的几封信

郑振铎，字西谛，长我两岁，北平交通部铁路管理学校毕业，为商务印书馆高梦旦先生之快婿，进入商务印书馆任《小说月报》主编。《小说月报》自郑振铎主编后，大事更新，成为新文艺最有力的刊物之一。"文学研究会"适时成立，即以《小说月报》为其机关，网罗南北许多爱好文艺人士参加，如谢冰心、叶圣陶、茅盾、老舍等皆在其列。与郭沫若、郁达夫等领导的"创造社"对峙，形成两大流派。创造派的色彩近于浪漫主义，文学研究会则标榜人道主义，趋向于写实。

郑振铎本人并无明确的文学主张。他对《小说月报》的编辑持续多年，劳绩可佩。他自己的写作发表在《小说月报》的以《文学大纲》为主。《文学大纲》本是英国的作家德林瓦特（John Drinkwater）所著，上、下两巨册，图文并茂，但只是通俗性质，介绍古今文学，以西洋文学为主。郑振铎翻译此书，特为加进中国文学，用意甚善，但烦简之间难得恰如其分。再则郑氏对于所谓"俗文学"特为热心，单独就我国俗文学而言，郑氏贡献甚大。

我对于郑氏《文学大纲》之翻译部分，很不满意，因为我发现其中误译之处甚多。默尔而息，不无耿耿，公开指摘，有伤恕道。我就写信给他，率陈所见。在我也许是多事，但无不良动机，在郑氏闻过则喜更表示其虚怀若谷。所以我公开郑氏这几封信如后。

实秋先生：

　　十一月五日的来信，已经拜读了。我非常感谢你的这种忠实的态度。我的朋友虽多，但大都是很粗心的，很少有时间去校读我的稿子，只有你常常赐教，这是我永不能忘记你的好意的。我愿意以你为生平的第一个益友！这个称号你愿意领受吗？我有一大毛病，就是做事太粗心。常常地在急待付印之时，才着手去做或译稿子，永远不会再读再校一次的，因此常常出现许多不该出现的错误。所吃的亏，已经不少，然而这个恶习还不能改。今后必痛革此习！实秋，我愿意你常常地赐教，使我常常地自己知错！你愿意如此办吗？自然，我知道你也是很忙的，未必有什么工夫去做这事。我的这个请求，可算是一个"不情之请"！然而为"真理"计，为"友情"——我恳挚地要求你为我的一个最忠诚的益友——计，我希望你答应了吧！我向你认罪，当你的《评〈飞鸟集〉译文》出来时，我曾以为你是故意挑战的一个敌人。但我的性情是愤怒只在一时的，无论什么人的责备，当初听时是很生气的，细想了一下，便心平气和常常地自责了。我因你的指责，已于《飞鸟集》再版时更改了不少错处。不管你当时做此文的动机如何，然而我已受你的益处不少，至少已对于许多读者，更正了好些错误。实秋，我是如何地感谢你啊！在我们在振华相见时，我已认你一个益友，现在让我们成为最忠实的益友吧！我自觉我是一个不会说谎话的较真实的人。以上的话，也许会使你不高兴，然而我不管，我不愿意说假话。

《文学大纲》原有出单行本之意，因在现在，这一类的书似有出版的必要。不过我自己对我所编的也很不满意，因此，还没有决定单行本究竟出版与否。但如果要出版，必定要请几位朋友仔细地校阅一下，你愿意担任一部分的工作吗？我万分地希望能将月报七期以前及其后的《文学大纲》与 Drinkwater 的原文对读一下，而指出一切的错误。关于中国的一部分，本是最不易做的，我居然大胆地做了，自己更是觉得不满意。有暇也请指教一切。又《小说月报》登载这几篇《文学大纲》的，你如没有，我可以寄上一份给你。别的再谈。

弟振铎上　十二、二十三

实秋先生：

《小说月报》拟于今年四月出一英国诗人 Byron 的纪念号。国内对于他有研究的人很少，我很希望你能为我们做一篇文字，甚盼！交稿期在二月底以前。

弟郑振铎上　一、八

实秋先生：

来信已经拜读，承你的忠告至为感谢！我将永以你为我的益友，我作文每苦太匆促，所以常有错误，我很愿意有很闲暇的时间，给我去做文字，但终不能有，奈何？这种环境，很想能变动一下。

　　谨拜忠言，乞常赐教。

振铎上　三、五

张北海的一首诗和一副联
附彭醇士的和诗一首

　　张北海，广东人，长我三岁。早年毕业于北京大学国文系，为黄节门下士。抗战期间任职教育部为督学，各地学校如有任何风潮或纠纷之事，教育部必定派北海前去处理，以他的快刀斩乱麻的手段，往往迅速奏效，为他赢得排难解纷高手的美誉。后改调为编译馆编纂，主持总务有年。北海重交谊，疾恶如仇，身材修伟，酒量甚豪，有侠士风。曾在"雅舍"居住一阵，故相知甚稔。胜利后，他返回广东，任西南六省党务整理主委。一九四九年来台，与我又共事于编译馆，他酷嗜围棋，虽棋艺不精，但兴趣极浓，能日夜观看棋谱，乐此不疲，熟诸围棋掌故，如数家珍，间亦喜欢吟咏，唯甚少写作，不轻易示人。一九五二年壬辰腊八为余五十一岁生日，腊七为北海生日，乃赋长诗一首赠我。原稿水渍，字迹模糊，特抄录如下：

　　十二月八日实秋五十一生日召饮，前一日适余初度。白

209

曰：昨日之日不可留，抽刀断水弄扁舟。甫曰今夕何夕不可孤，咸阳客舍为欢愉。昨日腊七今腊八，上树寒鸡下水鸭。物情冻死何足论，休牵众眼惊以怯。（谚"腊七腊八，冻死寒鸭"。禅宗语录："鸡寒上树，鸭寒下水。"杜甫《花鸭》："羽毛知独立，黑白太分明；不觉群心妒，休牵众眼惊。"）一梦百年真过半，炊灶依然枕然枕窍洽。（《异闻集》："道者吕翁经邯郸道上，邸舍中有少年卢生，自叹其贫困。言讫即思寐。时主人方蒸黄粱为馔。翁乃探囊中枕以授之。生梦自枕窍入其家，见其身富贵五十年，老病至卒，欠伸而寤。吕翁在旁，主人炊黄粱而未熟。"陈后山《八月十日二首》："一梦人间四十年，只应炊灶固依然。"）侔天有子一畸人（《庄子》："畸人者，畸于人而侔于天。"），肝胆轮囷龙出匣。（《拾遗记》："帝颛顼有曳影之剑，腾空而舒。若四方有兵，此剑则飞起，指其方则克伐。未用之时，常于匣里如龙虎之吟。"孟郊诗："匣龙期剚犀。"）春秋志事在攘夷，莎翁译笔其余业。铁肠妙语天下无（皮日休《桃花赋序》："宋广平之为相，贞姿劲质，刚态毅状，疑其铁肠石心，不解吐婉媚辞。然观其文而有《梅花赋》，清便富艳，得南朝徐庾体，殊不类其为人。"《汉书·贾捐之传》："君房下笔，言语妙天下。"），忆同雅舍羁三峡，投老相看涨海隅，敢辞一翳沧千劫。（《传灯录》："一翳横空，孰为剪之？"）人生识字忧患多（杜甫诗"子云识字终投阁"，苏轼诗"人生识字忧患始"），臧谷亡羊悲挟策。（《庄子》："臧与谷二人相与牧羊，而俱亡其羊。问臧奚事，则挟策读书；问谷奚事，则博塞以游。"苏轼诗"臧谷虽殊竟两亡"。）未应再作秋虫声（苏轼诗"吟诗莫作秋虫声，天公怪汝钧物情，使汝未老华发生"），且共淋漓倾日楮。愿献菊潭之水千万缸（《风俗通》："南阳郦县有甘谷，谷中水甘美。云其山上有大菊菜，水从山流下，得其滋液。谷中三十馀家，不复穿井，仰饮此水，上寿百二三十，中寿百馀岁，下寿七八十者，名之大天。"按菊水亦名菊潭。苏轼诗"菊潭饮伯始"），人间罪障可洗子可呷（《荆楚岁时记》："十二月八日，沐浴转除罪障。"）。

这首诗颇见功力，且豪气未除，不愧为湖海之士。他写完此诗，自己也很得意，以示彭醇士。醇士在北碚时亦曾诗酒联欢，能诗善画，今之高人。乃和诗一首如下：

北海寄示壬辰腊八实秋生日饮酒作歌。余与实秋不见久矣，因思曩岁游燕之乐今不可复得，而当时朋旧零落殆尽。次韵北海并简实秋。

君不闻黄鸡唱曲玲珑悉，白日去我谁能留？有人夜半移壑舟；又不见少年乘马锦袴褕，迟暮摧伤羁旅孤，寒灯拥被无欢愉。忆昔嘉江同钱腊，银壶泻酒盘烝鸭。坐上檀桧声激扬，大弦悲壮小弦怯，主人劝客侧金卮，伐木高歌情款洽。朱锦江李清悚丹青入画屏，卢生冀野宝剑腾珠匣。旧游回首百无伤，文学扫除皈净业。神州重睹虎狼横，残骨未收赖血喋。

故人生死隔天涯，夜雨凄凉梦巴峡。哀乐十年随泊换，江河两戒填棋劫。昨闻宵宴设桑张，愧我晨炊举莱筥。高斋持盏曲红张，衔袖花笺侑香榼。吁嗟夫，人间万事如风狂！昔日桃与李，今为参与商。何尝携子清，飞观衣白裕，东海倾杯一口呷。

　　北海我兄吟正　　烦转实秋兄正之　　为叩　弟彭醇士

一九七四年五月某日，北海说他集宋词句成一联送我，当即取出身边签字笔写出，联曰：

一番风月更销魂，无计迟留，燕子飞来飞去。
千古英雄成底事，等闲歌舞，花边如梦如薰。

——集宋词句

虽云意存调侃，但妙语天成，不失佳作。

万卷读不尽

读书苦？读书乐？

从开蒙说起

读书苦？读书乐？一言难尽。

从前读书自识字起。开蒙时首先是念字号，方块纸上写大字，一天读三五个，慢慢增加到十来个，先是由父母手写，后来书局也有印制成盒的，背面还往往有画图，名曰看图识字。小孩子淘气，谁肯沉下心来一遍一遍地认识那几个单字？若不是靠父母的抚慰，甚至糖果的奖诱，我想孩子在开始识字时是不会有多大乐趣的。

光是认字还不够，还需要练习写字，于是以描红模子开始，不是"上大人，孔乙己，化三千……"，就是"一去二三里，烟村四五家，亭台六七座，八九十枝花"，或是"王子去求仙，丹成入九天，洞中方七日，世上几千年"。手搦毛笔管，硬是不听使唤，若不是先由父母把着小手写，多半就会描出一串串的大黑猪。事实上，没有一次写字不曾打翻墨盒砚台弄得满手乌黑，狼藉不堪。稍后写小楷，白折子乌丝栏，写上三五行就觉得很吃力。大致说来，写字还算是愉快的一件事。

进过私塾或从"人，手，足，刀，尺"读过初小教科书的人，对于体罚一事大概不觉陌生。念、背、打三部曲，是我们传统的教学法。一目十行而能牢记于心，那是天才的行径；普通智商的儿童，非打是很难背诵如流的。英国十八世纪的约翰逊博士就赞成体罚，他说那是最直截了当的教学法，颇合我们所谓"扑作教刑"之意。私塾老师大概都爱抽旱烟，一二尺长的旱烟袋总是随时不离手的，那烟袋锅子最可怕，白铜制，如果孩子背书时疙疙瘩瘩地上气不接下气，就当心那烟袋锅子敲在脑袋壳上，"砰"的一声就是一个大包。谁疼谁知道。小学教室的讲台桌子抽屉里通常藏有戒尺一条，古所谓榎楚，也就是竹板一块，打在手掌上其声清脆，感觉是又热又辣又麻又疼。早年的孩子没尝过打手板的滋味的，大概不太多。如今体罚悬为禁例，偶一为之便会成为新闻。现代的孩子比较有福了。

从前的孩子认字，全凭记忆，记不住便要硬打进去。如今的孩子读书，开端第一册是先学注音符号，这是一大改革。本来就是，先有语言，后有文字。我们的文字不是拼音的，虽然其中一部分是形声字，究竟无法看字即能读出声音，或是发音即能写出文字。注音符号（比反切高明多了）是帮助把语言文字合而为一的一种工具，对于儿童读书实在是无比地方便。我们中国的文字不是没有严密的体系，所谓"六书"即是一套提纲挈领的理论，虽然号称"小学"，小学生谁能理解其中的道理？《说文解字》那五百四十个部首就会使人晕头转向。章太炎编了一个《部首歌》，"一、上、三、示、王、玉、珏……"煞费苦心，谁能背得上来？陈独秀编了一部《小学识字读本》(台湾印行改名为《文字新论》)，是文字学方面一部杰出的大作，但是显然不是适合小学识字的读本。我们中国的语言文字，说难不难，说易不易，高本汉就说过这样一段话——

> 北京语实在是一种最可怜的方言，总共只有四百二十个音缀；普通的语词不下四千个，这四千多个的语词，统须支配于四百二十个音缀当中。同音语词的增进，使听者受了极大的困难，于此也可以想见了……（见《中国语与中国文》）

这是外国人对外国人所说的话，我们中国的儿童国语娴熟，四声准确，并不觉得北京语"可怜"。我们的困难不在语言，在语言与文字之间的不易沟通。所以读书从注音符号开始，这方法是绝对正确的。

《三字经》《百家姓》《千字文》是旧式的启蒙教材。《百家姓》有其实用价值，对初学并不相宜，且置勿论。《三字经》《千字文》都编得不错，内容丰富妥当，而且文字简练，应该是很好的教材，所以直到今日还有人怀念这两部匠心独运的著作，但是对于儿童并不相宜。孩子懂得什么"人之初，性本善""天地玄黄，宇宙洪荒"？民国初年，我在北平陶氏学堂读过一个时期的小学，记得国文一课是由老师领头高吟"击鼓其镗，踊跃用兵，土国城漕，我独南行……"，全班一遍遍地循声朗诵，老师喉咙干了，就指派一个学生（班长之类）代表他领头高吟。朗诵一个小时，下课。好多首《诗经》作品就是这样注入我的记忆的，可是过了五六十年之后自己摸索才略知那几首诗的大意。小时候多少时间都浪费掉了。教我读《诗经》的那位老师的姓名已不记得，可他那副不讨人敬爱的音容道貌至今不能忘！

新式的语文教科书顾及儿童心理及生活环境，读起来自然较有趣味。民初的国文教科书，"一人二手，开门见山，山高日小，水落石出……""一老人，入市中，买鱼两尾，步行回家"……这一类课文还多少带有一点文言的味道。后来仿效西人的作风，就有了"小猫叫，小狗跳……"这一类的句子，但为某些人所诟病。其实孩子喜欢小动物，由此而入读书识字之门，亦无可厚非。抗战时期我曾负责主编一套中小学教科书，深知其中艰苦，大概越是初级的越是难于编写，因为牵涉儿童心理与教学方法。现在台湾使用的中小学教科书，无论在内容上或印刷上较前都日益进步，学生面对这样的教科书至少应该不至于望而生畏。

纪律与兴趣

高中与大学一、二年级是读书求学的一个很重要的阶段。现在所谓读书，和从前所谓"读圣贤书"的意义不同，所读之书范围较广，学有各门各科，书有各种各类。但是国、英、算是基本学科，这三门不读好，以后荆棘丛生，一无是处。而这三门课，全无速成之方，必须按部就班，耐着性子苦熬。读书是一种纪律，谈不到什么兴趣。

梁启超先生是我所敬仰的一位学者，他的一篇《学问与兴趣》广受大众欢迎，很多人读书全凭兴趣，无形中都受了此文的影响。我也是受他所影响的一个。我在清华读书，窃自比附于"少小爱文辞"之列，对于数学不屑一顾，以为性情不近，自甘暴弃，勉强及格而已。留学国外，学校当局强迫我补修立体几何及三角二课，我这才知道发愤补修。可巧我所遇到的数学老师，是真正循循善诱的一个人，他讲解一条定律、一项原理，不厌其详，远譬近喻地要学生彻底理解而后已。因此我在这两门课中居然培养出兴趣，得到优异的成绩，蒙准免予参加期终考试。我举这一个例，为的就是说明一件事，吾人读书上课，无所谓性情近与不近，无所谓有无兴趣。读书上课就是纪律，越是自己不喜欢的学科，越要加倍鞭策自己努力钻研。克制自己欲望的这一套功夫，要从小时候开始锻炼。读书求学，自有一条正路可循，由不得自己任性。梁启超先生所倡导的趣味之说，是对有志研究学问的人士说教，不是对读书求学的青年致辞。

一般人称大学为最高学府，易令人滋生误解，大学只是又一个读书求学的阶段，直到毕业之日才可称为做学问的"开始"。大学仍然是一个准备阶段，所讲授的仍然是基本知识。所以大学生在读书方面没有多少选择的自由，凡是课程规定及教师指定的读物是必须读的。青年人常有反抗的心理，越是规定必须读的，越是不愿去读，宁愿自己去海阔天空地穷搜冥讨。到头来是枉费精力自己吃亏，五四时代而不知所从。张之洞的《书目答问》不足以餍所望。有一天，几个同学和我以《清华周刊》记者的名义进城去就教于北大的胡适之先生，胡先生慨允为我们开一个最低的国学必读书目，后来就发表在《清华周刊》上。内容非常充实，名为最低，实则庞大得惊人。梁启超先生看到了，凭他渊博的学识开了一个更详尽的书目。没有人能按图索骥地去读，能约略翻阅一遍认识其中较重要的人名书名就很不错了。吴稚晖先生看到这两个书目，气得发出"一切线装书都丢进茅坑里去"的名言！现在想想，我们当时惹出来的这个书目风波，倒也不是什么坏事，只是好高骛远不切实际罢了。我们的举动表示我们不肯枯守学校规定的读书纪律，而对于更广泛更自由地读书的要求开始展露了天真的兴趣。

书到用时方恨少

我到三十岁左右开始以教书为业的时候，发现自己学识不足、读书太少，应该确有把握的题目东一个窟窿西一个缺口，自己没有全部搞通，如何可以教人？既已荒疏于前，只好恶补于后，而恶补亦非易事。我忘记是谁写的一副对联："书有未曾经我读，事无不可对人言！"很有意思，下句好像是左宗棠的，上句不知是谁的。这副对联表面上语气很谦逊，细味之则自视甚高。以上句而论，天下之书浩如烟海，当然无法遍读，而居然发现自己尚有未曾读过之书，则其已经读过之书必已不在少数，这口气何等狂傲！我爱这句话，不是因为我也感染了几分狂傲，而是因为我确实知道自己的谫陋，该读而未读的书太多，故此时时记挂着这句名言，勉励自己用功。

我自三十岁才知道自动地读书恶补。恶补之道首要的是先开列书目，何者宜优先研读，何者宜稍加参阅，版本问题也非常重要。此时我因兼任一个大学的图书馆长，一切均在草创，经费甚为充足，除了国文系以外各系申请购书并不踊跃，我乃利用机会在英国文学图书方面广事购储。标准版本的重要典籍及参考用书乃大致齐全。有了书并不等于问题就可解决，要逐步一本一本地看。我哪里有充分时间读书？我当时最羡慕英国诗人弥尔顿，他在大学卒业之后听从他父亲的安排到郝尔顿乡下别墅下帷读书五年之久，大有董仲舒三年不窥园之概，然后他才出而问世。我的父亲也曾经对我有过类似的愿望，愿我苦读几年书，但是格于环境，事与愿违。我一面教书，一面恶补有关的图书，真所谓是困而后学。例如，莎士比亚剧本，我当时熟悉的不超过三分之一。再如，弥尔顿，我只读过前六卷。这重大的缺失，以后才得慢慢弥补过来。至于国学方面更是多少年茫然不知如何下手。

读书乐

读书好像是苦事，小时嬉戏，谁爱读书？既读书，还要经过无数次的考试，面临威胁，担惊受怕。长大就业之后，不想奋发精进则已，否则仍然要继续读书。我从前认识一位银行家，日间筹划盈虚，但是他床头摆着一套英译法朗士全集，每晚翻阅几页，日久读毕全书，引以为乐。在宦场中、商场中有不少这样可敬的人物，品位很高，嗜读不倦，可见到处都有读书种子，以读书为乐，并非全是只知道争权夺利之辈。我们中国自古就重视读书，据说，秦始皇日读一百二十斤重的竹简公文才就寝。《鹤林玉露》载："唐张参为国子司业，手写九经，每言读书不如写书。高宗以万乘之尊，万几之繁，乃亦亲洒宸翰，遍写九经，云章灿然，始终如一，自古帝王所未有也。"从前没有印刷的时候讲究抄书，抄书一遍比读书一遍还要受用。如今印刷发达，得书容易，又有缩印、影印之术，无辗转抄写之烦，读书之乐乃大为增加。想想从前的所谓"学富五车"，是指以牛车载竹简，仅等于今之十万字弱。公元前一千年以羊皮纸抄写一部《圣经》需要三百只羊皮！那时候图书馆里的书是用铁链锁在桌上的！《听雨纪谈》有一段话：

苏文忠公作《李氏山房藏书记》曰："余犹及见老儒先生，自言其少时，欲求《史记》《汉书》而不可得，幸而得之，皆手自书，日夜诵读，惟恐不及。近岁市人转相摹刻诸子百家之书，日传万纸。学者之于书，多且易致如此，其文词学术当倍蓰于昔人。而后生科举之士皆束书不观，游谈无根。"苏公此言切中今时学者之病，盖古人书籍既少，凡有藏者率皆手录。盖以其得之之难故，其读亦不苟。到唐世始有版刻，至宋而益盛，虽云便于学者，然以其得之之易，遂有蓄之而不读，或读之而不灭裂，则以有版刻之故。

无怪乎今之不如古也。其言虽似言之成理，但其结论今不如古则非事实。今日书多易得，有便于学子，读书之乐岂古人之所能想象。今之读书人所面临之一大问题乃图书之选择。"开卷有益"，实未必然，即有益之书其价值亦大有差别，罗斯金说得好："所有的书可分为两大类：风行一时的书与永久不朽的书。"我们的时间有限，读书当有选择。各人志趣不同，当读之书自然亦异，唯有一共同标准可适用于我们全体国人。凡是中国人皆应熟读我国之经典，如《诗》《书》《礼》，以及《论语》《孟子》，再如《春秋左氏传》《史记》《汉书》，以及《资治通鉴》或近人所著通史，这都是我国传统文化之所寄。如谓文字艰深，则多有今注今译之版本在。其他如子集之类，则各随所愿。

　　人生苦短，而应读之书太多。人生到了一个境界，读书不是为了应付外界需求，不是为人，是为己，是为了充实自己，使自己成为一个明白事理的人，使自己的生活充实而有意义。吾故曰：读书乐。我想起英国十八世纪诗人的一句诗——

Stuff the head

With all such reading as was never read.

　　大意是："把从未读过的书籍，赶快塞进脑袋里去。"

影响我的几本书

　　我喜欢书，也还喜欢读书，但是病懒，大部分时间都荒嬉掉了！所以实在没有读过多少书。年届而立，才知道发愤，但已经晚了。几经丧乱，席不暇暖，像董仲舒三年不窥园，弥尔顿五年隐于乡，那样有良好环境专心读书的故事，我只有艳羡。多少年来所读之书，随缘涉猎，未能专精，故无所成。然亦间有几部书对于我个人为学做人之道不无影响。究竟哪几部书影响较大，我没有思量过，直到八年前有一天邱秀文来访问我，她提出了这么一个问题，问我所读之书有哪几部使我受益较大。我略为思索，举出七部书以对，略加解释，语焉不详。邱秀文记录得颇为翔实，亏她细心地连缀成篇，并标题以"梁实秋的读书乐"，后来收入她的一个小册《智者群像》，由时报文化出版公司出版。最近联副推出一系列文章，都是有关书和读书的，编者要我也插上一脚，并且给我出了一个题目"影响我的几本书"。我当时觉得自己好像就是一个考生，遇到考官出了一个我不久以前做过的题目，自以为驾轻就熟，写起来省事，于是色然而喜，欣然应命。题目像是旧的，文字却是新的。这便是我写这篇东西的由来。

第一部影响我的书是《水浒传》。我十四岁进清华才开始读小说，偷偷地读，因为那时候小说被视为"闲书"，在学校里看小说是悬为厉禁的。但是我禁不住诱惑，偷闲在海淀一家小书铺买到一部《绿牡丹》，密密麻麻的小字光纸石印本，晚上钻在蚊帐里偷看，也许近视眼就是这样养成的。抛卷而眠，翌晨忘记藏起，查房的斋务员在枕下一摸，手到擒来。斋务主任陈筱田先生唤我前去应询，瞪着大眼厉声叱问："这是嘛？"（天津话"嘛"就是"什么"）随后把书往地上一丢，说："去吧！"算是从轻发落，虽然没有处罚，可是我忘不了那被叱责的耻辱。我不怕，继续偷看小说，又看了《肉蒲团》《灯草和尚》《金瓶梅》，等等。这几部小说，并不使我满足，我觉得内容庸俗、粗糙、下流。直到我读到《水浒传》才眼前一亮，觉得这是一部伟大的作品，不愧金圣叹称之为第五才子书，可以和庄、骚、史记、杜诗并列。我一读，再读，三读，不忍释手。曾试图默诵一百零八条好汉的姓名绰号，大致不差（并不是每一个人物都栩栩如生，精彩的不过五分之一，有人说每一个人物都有特色，那是夸张）。也曾试图收集香烟盒里（是大联珠还是前门？）一百零八条好汉的图片。这部小说实在令人着迷。

《水浒传》的作者施耐庵在元末以赐进士出身，生卒年月不详，一生经历我们也不得而知。这没有关系，我们要读的是书。有人说《水浒传》的作者是罗贯中，根本不是他，这也没有关系，我们要读的是书。《水浒传》有七十回本，有一百回本，有一百一十五回本，有一百二十回本，问题重重；整个故事是否早先有过演化的历史而逐渐形成的，也很难说；故事是北宋淮安大盗一伙人在山东寿张县梁山泊聚义的经过，有多大部分与历史符合有待考证。凡此种种都不是顶重要的事。《水浒传》的主题是"官逼民反，替天行道"。一个个好汉直接间接地吃了官的苦头，有苦无处诉，于是铤而走险，逼上梁山，不是贪图山上的大碗酒大块肉。官，本来是可敬的。奉公守法公忠体国的官，史不绝书。可是"一朝权在手便把令来行"的贪污枉法的官却也不在少数。人踏上仕途，很容易被污染，会变成另外一种人，他说话的腔调会变，他脸上的筋肉会变，他走路的姿势会变，他的心的颜色有时候也会变。"尔俸尔禄，民脂民膏"，过骄奢的生活，成特殊阶级，也还罢了，若是为非作歹，鱼肉乡民，那罪过可就大了。水浒写的是平民的一股怨气。不平则鸣，容易得到读者的同情，有人甚至不忍深责那些非法的杀人放火的勾当。有人以终身不入官府为荣，怨毒中人之深可想。

　　较近的人民叛乱事件，义和团之乱是令人难忘的。我生于庚子后二年，但是清廷的糊涂、八国联军之肆虐，从长辈口述得知梗概。义和团是由洋人教士勾结官府压迫人民所造成的，其意义和梁山泊起义不同，不过就其动机与行为而言，我怜其愚，我恨其妄，而又不能不寄予多少之同情。

　　我对于水浒有一点极为不满。作者好像对于女性颇不同情。水浒里的故事对于所谓奸夫淫妇有极精彩的描写，而显然地对于女性特别残酷。这也许是我们传统的大男人主义，一向不把女人当人，即使当作人也是次等的人。女人有所谓贞操，而男人无。水浒为人抱不平，而没有为女人抱不平。这虽不足为水浒病，但是水浒对于欣赏其不平之鸣的读者在影响上不能不打一点折扣。

第二部书该数《胡适文存》。胡先生和我们同一时代，长我十一岁，我们很容易忽略其伟大，其实他是我们这一代人在思想、学术、道德、人品上最为杰出的一个。我读他的文存的时候，尚在清华没有卒业。他影响我的地方有三：

一是他的明白清楚的白话文。明白清楚并不是散文艺术的极致，却是一切散文必须具备的起码条件。他的《文学改良刍议》，现在看起来似嫌过简，在当时是振聋发聩的巨著。他的《白话文学史》的看法、他对于文学（尤其是诗）的艺术的观念，现在看来都有问题。例如，他直到晚年还坚持说律诗是"下流"的东西，骈四俪六当然更不在他眼里。这是他的偏颇的见解。可是在"五四"运动前后，文章写得像他那样明白晓畅不蔓不枝的能有几人？我早年写作，都是以他的文字作为模仿的榜样。不过我的文字比较杂乱，不及他的纯正。

二是他的思想方法。胡先生起初倡导杜威的实验主义，后来他就不弹此调。胡先生有一句话："不要被别人牵着鼻子走！"像是给人的当头棒喝。我从此不敢轻信人言。别人说的话，是者是之，非者非之，我心目中不存有偶像。胡先生曾为文批评时政，也曾为文对什么主义质疑，他的几位老朋友劝他不要发表，甚至要把已经发排的稿件擅自抽回，胡先生说："上帝尚且可以批评，什么人什么事不可批评？"他的这种批评态度是可佩服的。从大体上来看，胡先生从不侈言革命，他还是一个"儒雅为业"的人，不过他对于往昔之不合理的礼教是不惜加以批评的。曾有人家里办丧事，求胡先生"点主"，胡先生断然拒绝，并且请他阅看《胡适文存》里有关"点主"的一篇文章，其人读了之后翕然诚服。胡先生对于任何一件事都要寻根问底，不肯盲从。他常说他有考据癖，其实也就是独立思考的习惯。

三是他的认真严肃的态度。胡先生说他一生没写过一篇不用心的文章，看他的文存就可以知道确是如此，无论多小的题目，甚至一封短札，他也是像狮子搏兔似的全力以赴。他在庐山偶然看到一个和尚的塔，他作了八千多字的考证。他对于《水经注》所下的功夫更是惊人的。曾有人劝他移考证《水经注》的功夫去做更有意义的事，他却说不，他说他这样做是为了要把研究学问的方法传给后人。我对于《水经注》没有兴趣，胡先生的著作我没有不曾读过的，唯《水经注》是例外。可是他治学为文之认真的态度，我认为应该取法。有一次，他对几个朋友说，写信一定要注明年、月、日，以便查考。我们明知我们的函件将来没有人会来研究考证，何必多此一举？他说不，要养成这个习惯。我接受他的看法，年、月、日都随时注明。有人写信仅注月、日而无年份，我看了便觉得缺憾。我译莎士比亚，大家知道，是由于胡先生的倡导。当初约定一年译两本，二十年完成，可是我拖了三十年。胡先生一直关注这件工作，有一次他由台湾飞到美国，他随身携带在飞机上阅读的书包括《亨利四世·下篇》的译本。

他对我说他要看看中译的莎士比亚能否令人看得下去。我告诉他，能否看得下去我不知道，不过我是认真翻译的，没有随意删略，没敢潦草。他说俟全集译完之日为我举行庆祝，可惜那时他已经不在了。

第三本书是白璧德的《卢梭与浪漫主义》。白璧德（Irving Babbitt）是哈佛大学教授，是一位与时代潮流不合的保守主义学者。我选过他的"英国十六世纪以后的文学批评"一课，觉得他很有见解，不但有我们前所未闻的见解，而且和我自己的见解背道而驰。于是我对他产生了兴趣。我到书店把他的著作五种一股脑儿地买回来读，其中最有代表性的是他的这一本《卢梭与浪漫主义》。他毕生致力批判卢梭及其代表的浪漫主义，他针砭流行的偏颇的思想，总是归根到卢梭的自然主义。有一幅漫画讽刺他，画他匍匐在地上揭开被单窥探床下有无卢梭藏在底下。白璧德的思想主张，我在《学衡》杂志所刊吴宓、梅光迪几位介绍文字中已略微知其一二，只是《学衡》固执地使用文言，在一般受了"五四"运动洗礼的青年中很难引起共鸣。我读了他的书，上了他的课，突然感到他的见解平正通达而且切中时弊。我平素心中蕴结的一些浪漫情操几为之一扫而空。我开始省悟，"五四"运动以来的文艺思潮应该根据历史的透视而加以重估。我在学生时代写的第一篇批评文字《中国现代文学之浪漫的趋势》就是在这个时候写的。随后我写的《文学的纪律》《文人有行》，以至于较后对辛克莱《拜金艺术》的评论，都可以说是受了白璧德的影响。

白璧德对东方思想颇有渊源，他通晓梵文经典及儒家与老庄的著作。《卢梭与浪漫主义》有一篇很精彩的附录，论老庄的"原始主义"，他认为卢梭的浪漫主义颇有我国老庄的色彩。白璧德的基本思想是与古典的人文主义相呼应的新人文主义。他强调人生三境界，而人之所以为人在于他有内心的理性控制，不令感情来横决。这就是他念念不忘的人性二元论。《中庸》所谓"天命之谓性，率性之谓道，修道之谓教"，孔子所说的"克己复礼"，正是白璧德所乐于引证的道理。他重视的不是创造力而是克制力。一个人的道德价值，不在于做了多少事，而是在于有多少事他没有做。白璧德并不说教，他没有教条，他只是坚持一个态度——健康与尊严的态度。我受他的影响很深，但是我不曾大规模地宣扬他的作品。我在新月书店曾经辑合《学衡》上的几篇文字为一小册印行，名为《白璧德与人文主义》，并没有受到人的注意。若干年后，宋淇先生为美国新闻处编译一本《美国文学批评》，其中有一篇是《卢梭与浪漫主义》的一章，是我应邀翻译的，题目好像是"浪漫的道德"。二十世纪三十年代"左倾"仁兄们，鲁迅及其他人谥我为"白璧德的门徒"，虽只是一顶帽子，实也当之有愧，因为白璧德的书并不容易读，他的理想很高，也很难身体力行，称为门徒谈何容易！

第四本书是叔本华的《隽语与箴言》（*Maxims and Counsels*）。这位举世闻名的悲观哲学家的主要作品 *The World as Will and Idea* 我没有读过，可是这部零零碎碎的札记性质的书却给了我莫大的影响。

叔本华的基本认识是：人生无所谓幸福，不痛苦便是幸福。

痛苦是真实的、存在的、积极的；幸福则是消极的，并无实体的存在。没有痛苦的时候，那种消极的感受便是幸福。幸福是一种心理状态，而非实质的存在。基于此种认识，人生的努力方向应该是尽量避免痛苦，而不是追求幸福，因为根本没有幸福那样的一个东西。能避免痛苦，幸福自然就来了。

我不觉得叔本华的看法是诡辩。不过避免痛苦不是一件简单的事，需要慎思明辨，更需要当机立断。

第五部书是斯陶达的《对文明的反叛》（*The Revolt against Civilization*）。这虽然不是一部古典名著，但是影响了我的思想。民国十四年，潘光旦在纽约哥伦比亚大学念书，住在黎文斯通大厦，有一天我去看他，他顺手拿起这一本书，竭力推荐要我一读。光旦是优生学者，他不但赞成节育，而且赞成"普罗列塔利亚"少生孩子，优秀的知识分子多生孩子，只有这样做，民族的品质才有希望提高。一人一票的"德谟克拉西"是不合理的，古希腊的"亚里士多克拉西"较近于理想。他推崇孔子，但不附和孟子的平民之说。他就是这样有坚定信念而且非常固执的一位学者。他郑重推荐这一本书，我想必有道理，果然如此。

斯陶达的生平不详，我只知道他是美国人，一八八三年生，一九五〇年卒，《对文明的反叛》出版于一九二二年，此外还有《欧洲种族的实况》（一九二四年）、《欧洲与我们的钱》（一九三二年）及其他。这本《对文明的反叛》的大意是：私有财产为人类文明的基础。有了私有财产的制度，然后人类的生活形态，包括家庭的、社会的、政治的、经济的各方面，才逐渐地发展而成为文明。马克思与恩格斯于一八四八年发表的一个小册子 *Manifest der Kommunistischen* 声言私有财产为一切罪恶的根源，要彻底地废除私有财产制度，言激而辩。斯陶达认为这是反叛文明，是对整个人类文明的打击。

文明发展到相当阶段会有不合理的现象，也可称其为病态。所以有心人就要想法改良补救，也有人就想象一个理想中的黄金时代，悬为希望中的目标。《礼记·礼运》所谓的"大同"，虽然孔子说"大道之行也，与三代之英，丘未之逮也"，实则大同乃是理想世界，在尧舜时代未必实现过，就是禹、汤、文武周公的"小康之治"恐怕也是想当然耳。西洋哲学家如柏拉图、斯多亚派创始者季诺（Zeno）、托马斯·莫尔及其他，都有对理想世界的描写。耶稣基督也是常以慈善为教，要人共享财富。许多教派都不准僧侣自蓄财产。英国诗人柯勒律治与骚塞（Coleridge And Southey）在一七九四年根据卢梭与戈德温（Godwin）的理想，居然想到美洲的宾夕法尼亚去创立一个共产社区，虽然因为缺乏经费而未实现，但是其不满于旧社会的激情可以想见。不满于文明社会之现状，是相当普遍的心理。凡是有同情心和正义感的人对于贫富悬殊壁垒分明的现象无不深恶痛绝。不过从事改善是一回事，推翻私有财产制度又是一回事。

第六部书是《六祖坛经》。我与佛教本来毫无瓜葛。抗战时在北碚缙云山上缙云古寺偶然看到太虚法师领导的汉藏理学院，一群和尚在翻译佛经，香烟缭绕，案积贝多树叶帖帖然，字斟句酌，庄严肃穆。佛经的翻译原来是这样谨慎而神圣的，令人肃然起敬。

知客法舫，彼此通姓名后得知他是《新月》的读者，相谈甚欢，后来他送我一本他作的《金刚经讲话》，我读了也没有什么领悟。一九四九年我在广州，中山大学外文系主任林文铮先生是一位狂热的密宗信徒，我从他那里借到《六祖坛经》，算是对于禅宗做了初步的接触，谈不上了解，更谈不到开悟。在丧乱中我开始思索生死这一大事因缘。在六榕寺瞻仰了六祖的塑像，对于这位不识字而能顿悟佛理的高僧有无限的敬仰。

《六祖坛经》不是一人一时所作，不待考证就可以看得出来，可是禅宗大旨尽萃于是。禅宗主张不立文字，但阐明宗旨还是不能不借重文字。据我浅陋的了解，禅宗主张顿悟，说起来简单，实则甚为神秘。棒喝是接引的手段，公案是参究的把鼻。说穿了是要人一下子打断理性的、逻辑的思维，停止常识的想法，蓦然一惊之中灵光闪动，于是进入一种不思善不思恶无生无死不生不死的心理状态。在这状态之中得见自心自性，是之谓明心见性，是之谓言下顿悟。

有一次我在胡适之先生面前提起铃木大拙，胡先生正色曰："你不要相信他，那是骗人的！"我不作如是想。铃木不像是有意骗人，他可能确实相信禅宗顿悟的道理。胡先生研究禅宗历史十分渊博，但是他自己没有做修持的功夫，不曾深入禅宗的奥秘。事实上他无法打入禅宗的大门，一方面，因为禅宗大旨本非理性的文字所能解析说明的，只能用简略的、象征的文字来暗示。在另一方面，铃木也未便以胡先生为门外汉而加以轻蔑。因为一进入文字辩论的范围便必须使用理性的、逻辑的方式才足以服人。

禅宗的境界用理性逻辑的文字怎样解释也说不明白，须要自身体验，如人饮水，冷暖自知。所以我看胡适铃木之论战根本是不必要的，因为两个人不站在一个层次上。一个说有鬼，一个说没有鬼，能有结论吗？

我个人平素的思想方式近于胡先生类型，但是我也容忍不同的寻求真理的方法。《哈姆雷特》一幕二景，哈姆雷特见鬼之后对于来自威吞堡的学者何瑞修说："宇宙间无奇不有，不是你的哲学全能梦想得到的。"我对于禅宗的奥秘亦作如是观。《六祖坛经》是我最初亲近的佛书，带给我不少喜悦，常引我作超然的遐思。

第七部书是卡莱尔的《英雄与英雄的崇拜》（*On Heros And Hero-Worship*），原是一系列的演讲，刊于一八四一年。卡莱尔的文笔本来是汪洋恣肆，气势不凡，这部书因为原是讲稿，语气益发雄浑，滔滔不绝有雷霆万钧之势。他所谓的英雄不是专指斩将搴旗攻城略地的武术高超的战士而言，举凡卓等越伦的各方面的杰出人才，他都认为是英雄，如果他们能做人民的领袖、时代的前驱、思想的导师。神祇、先知、国王、哲学家、诗人、文人都可以称为英雄。卡莱尔对于人类文明的历史发展有一种基本信念，他认为人类文明是极少数的领导人才所创造的。少数的杰出人才有所发明，于是大众跟进。没有睿智的领导人物，浑浑噩噩的大众就只好停留在浑浑噩噩的状态之中。证之于历史，确是如此。这种说法和孙中山先生所说"先知先觉、后知后觉、不知不觉"若合符节。卡莱尔的说法，人称为"伟人学说"（Great Man

Theory）。他说政治的妙谛在于如何把有才智的人放在统治者的位置上去。他因此而大为称颂我们的科举取士的制度。不过他没注意到取士的标准大有问题，所取之士的品质也就大有问题。好人出头是他的理想，他们憧憬的是贤人政治。他怕听"拉平者"（levellers）那一套议论，因为人有贤不肖，根本不平等。尽管尽力拉平世间的不平等的现象，领导人才与人民大众对于文明的贡献不能等量齐观。

我接受卡莱尔的伟人学说，但是我同时强调伟人的品质。尤其是政治上的伟人责任重大，如果他的品质稍有问题，如轻言改革、囿于私见、涉及贪婪、用人不公，立刻就会灾及大众，祸国殃民。所以我一面崇拜英雄，一面深厌独裁。我愿他泽及万民，不愿他成为偶像。卡莱尔不信时势造英雄，他相信英雄造就时势。我想是英雄与时势交相影响。卡莱尔受德国费希特（Fichte）的影响，以为一代英雄之出世含有"神意"（Divine Idea）；又受喀尔文（Calvin）一派清教思想的影响，以为上帝的意旨在指挥英雄人物。这种想法现已难以令人相信。

第八部书是马可·奥勒留（Marcus Aurelius Antonius）的《沉思录》（*Meditations*），这是西洋斯多亚派哲学最后一部杰作，原文是希腊文，但是译本极多，单是英文译本自十七世纪起至今已有二百多种。在我国好像注意到这本书的人不多。我在一九五九年将此书译成中文，由协志出版公司印行。作者是一千八百多年前的罗马帝国的皇帝，以皇帝之尊而成为苦修的哲学家，给我们留下这样的一部书，真是奇事。

斯多亚派哲学涉及三个部门：物理学、论理学、伦理学。这一派的物理学，简言之，即是唯物主义加上泛神论，与柏拉图之以理性概念为唯一真实存在的看法正相反。斯多亚派认为只有物质的事物才是真实的存在，但是物质的宇宙之中偏存着一股精神力量，此力量以不同的形势出现，如人，如气，如精神，如灵魂，如理性，如主宰一切的原理，皆是。宇宙是神，人所崇奉的神祇只是神的显示。神话传说全是寓言。人的灵魂是从神那里放射出来的，早晚还要回到那里去。主宰一切的神圣原则即是使一切事物为了全体利益而合作。人的至善的理想即是有意识地为了共同利益而与天神合作。至于这一派的理论学则包括两部分，一是辩证法；二是修辞学，二者都是思考的工具，不太重要。马可最感兴趣的是伦理学。按照这一派哲学，人生最高理想是按照宇宙自然之道去生活。所谓"自然"不是任性放肆之意，而是上面说到的宇宙自然。人生除了美德无所谓善，除了罪行无所谓恶。美德有四：一为智慧，所以辨善恶；二为公道，以便应付一切悉合分际；三为勇敢，借以终止痛苦；四为节制，不为物欲所役。人是宇宙的一部分，所以对宇宙整体负有义务，应随时不忘本分，致力于整体利益。有时自杀也是正当的，如果生存下去无法善尽做人的责任。

《沉思录》没有明显地提示一个哲学体系，作者写这本书是在做反省的功夫，流露出无比的热忱。我很向往他这样的近于宗教的哲学。他不信轮回不信往生，与佛说异，但是他对于生死这一大事因缘却同样地不住地叮咛开导。佛圆寂前，门徒环立，请示以后当以谁为师，佛说："以戒为师。"戒为一切修行之本，无论根本五戒、沙弥十戒、比丘二百五十戒，以及菩萨十重四十八轻之性戒，其要义无非是克制。不能持戒，还说什么定慧？佛所斥为外道的种种苦行，也无非是戒的延伸与歪曲。斯多亚派的这部杰作坦示了一个修行人的内心了悟，有些地方不但可与佛说参证，也可以和我国传统的"天行健，君子以自强不息"及"克己复礼"之说相印证。

英国十七世纪剧作家范伯鲁（Vanbrugh）的《旧病复发》（*Relapse*）里有一个愚蠢的花花大少浮平顿爵士（Lord Foppington），他说了一句有趣的话："读书乃是以别人脑筋制造出的东西以自娱。我以为有风度有身份的人可以凭自己头脑流露出来的东西而自得其乐。"书是精神食粮。食粮不一定要自己生产，自己生产的不一定会比别人生产的好。而食粮还是我们必不可或缺的。书像是一股洪流，是多年来多少聪明才智的人点点滴滴地汇集而成的，很难得有人说毫无凭借地立地涌现出一部书。读书如交友，也靠缘分，吾人有缘接触的书各有不同。我读书不多，有缘接触了几部难忘的书，有如良师益友，获益匪浅，略如上述。

漫谈读书

我们现代人读书真是幸福。古者，"著于竹帛谓之书"，竹就是竹简，帛就是缣素。书是稀罕而珍贵的东西。一个人若能垂于竹帛，便可以不朽。孔子晚年读《易》，韦编三绝，用韧皮贯联竹简，翻来翻去以至韧皮都断了，那时候读书多么吃力！后来有了纸，有了毛笔，书的制作比较方便，但在印刷之术未行以前，书的流传完全是靠抄写。我们看看唐人写经，以及许多古书的抄本，就可以知道一本书得来非易。自从有了印刷术，刻板、活字、石印、影印，乃至于显微胶片，读书的方便无以复加。

物以稀为贵。但是书究竟不是普通的货物。书是人类智慧的结晶、经验的宝藏，所以尽管如今满坑满谷地都是书，书的价值仍不是用金钱可以来衡量的。价廉未必货色差，畅销未必内容好。书的价值在于其内容的精到。宋太宗每天读《太平御览》等书二卷，漏了一天则以后追补，他说："开卷有益，朕不以为劳也。"这是"开卷有益"一语之由来。《太平御览》采集群书一千六百余种，分为五十五门，历代典籍尽萃于是，宋太宗日理万机之暇日览两卷，当然可以说是"开卷有益"。如今我们的书太多了，纵不说粗制滥造，至少是种类繁多，接触的方面甚广。我们读书要有抉择，否则不但无益而且浪费时间。

那么读什么书呢？这就要看各人的兴趣和需要。在学校里，如果能在教师里遇到一两位有学问的，那是最幸运的事，他能适当地指点我们读书的门径。离开学校就只有靠自己了。读书，永远不恨其晚。晚，比永远不读强。有一个原则也许是值得考虑的：作为一个地道的中国人，有些书是非读不可的。这与行业无关。理工科的、财经界的、文法门的，都需要读一些蔚成中国文化传统的书。经书当然是其中重要的一部分，史书也一样地重要。盲目地读经不可以提倡，意义模糊的所谓"国学"亦不能餍现代人之望。一系列的古书是我们应该以现代眼光去了解的。

黄山谷说："人不读书，则尘俗生其间，照镜则面目可憎，对人则语言无味。"细味其言，觉得似有道理。事实上，我们所看到的人，确实是面目可憎语言无味的居多。我曾思索，其中因果关系安在？何以不读书便面目可憎语言无味？我想也许是因为读书等于是尚友古人，而且那些著书立说的古人必定是一时才俊，与古人游不知不觉受其熏染，终乃收改变气质之功，境界既高，胸襟既广，脸上自然透露出一股清醇爽朗之气，无以名之，名之曰"书卷气"。同时在谈吐上也自然高远不俗。反过来说，人不读书，则所为何事，大概是陷身于世网尘劳，困厄于名缰利锁，五烧六蔽，苦恼烦心，自然面目可憎，焉能语言有味？

当然，改变气质不一定要靠读书。例如，艺术家就另有一种修为。"伯牙学琴于成连先生，三年不成。成连言吾师方子春今在东海中，能移人情。乃与伯牙偕往，至蓬莱山，留伯牙宿，曰：'子居习之，吾将迎师。'刺船而去，旬时不返。伯牙延望无人，但闻海水湁洞崩拆之声，山林杳冥，群鸟悲号，怆然叹曰：'先生将移我情。'乃援琴而歌，曲成，成连刺船迎之而返。伯牙之琴，遂妙天下。"这一段记载，写音乐家之所以被自然改变气质，虽然神秘，但是不是不可理解的。禅宗教外别传，根本不立文字，靠了顿悟即能明心见性。这究竟是生有异禀的人之超绝的成就。对我们一般人而言，最简便的修养方法还是读书。

书，本身就有情趣，可爱。大大小小形形色色的书，立在架上，放在案头，摆在枕边，无往而不宜。好的版本尤其可喜。我对线装书有一分偏爱。吴稚晖先生曾主张把线装书一律丢在茅厕坑里，这种偏激之言令人听了不大舒服。如果一定要丢在茅厕坑里，我宁可丢洋装书，也舍不得丢线装书。可惜现在线装书很少见了，就像穿长袍的人一样地稀罕。几十年前我搜求杜诗版本，看到古逸丛书影印宋版蔡梦弼《草堂诗笺》，真是爱玩不忍释手，想见原本之版面大，刻字精，其纸张墨色亦均属上选。在校勘上、笺注上此书不见得有多少价值，可是这部书本身确是无上的艺术品。

好书谈

从前有一个朋友说，世界上的好书，他已经读尽，似乎再没有什么好书可看了。当时许多别的朋友不以为然，而较年长一些的朋友就更以为狂妄。现在想想，却也有些道理。

世界上的好书本来不多，除非爱书成癖的人（那就像抽鸦片抽上瘾一样的），真正心悦诚服地手不释卷，实在有些稀奇。还有一件最令人气短的事，就是许多最伟大的作家往往没有什么凭借，但却做了后来二三流的人的精神上的财源了。柏拉图、孔子、屈原，他们的一点一滴，都是人类的至宝，可是要问他们从谁学来的，或者读什么人的书而成就如此，恐怕就是最善于说谎的考据家也束手无策。这事有点儿怪！难道真正伟大的作家，读书不读书没有什么关系吗？读好书或读坏书也没有什么影响吗？

叔本华曾经说好读书的人就好像惯于坐车的人，久而久之，就不能在思想上迈步了。这真唤醒人的不小迷梦！小说家瓦塞曼竟又说过这样的话，认为倘若为了要鼓起创作的勇气，只有读二流的作品。因为在读二流的作品的时候，他可以觉得只要自己一动手就准强。倘读第一流的作品却往往叫人减却了下笔的胆量。这话也不能说没有部分真理。

也许世界上天生就有种人是作家，有种人是读者。这就像天生有种人是演员，有种人是观众；有种人是名厨，有种人却是所谓的老饕。演员是不是十分热心看别人的戏，名厨是不是爱尝别人的菜，我也许不能十分确切地肯定。但我见过一些作家，却确乎不大爱看别人的作品。如果是同时代的人，更如果是和自己的名气不相上下的人，大概尤其不愿意寓目。我见过一个名小说家，他的桌上空空如也，架上仅有的几本书也是他自己的新著，以及自己所编过的期刊。我也曾见过一个名诗人（新诗人），他的唯一读物是《唐诗三百首》，而且在他也尽有多余之感了。这也不一定只是由于高傲，如果分析起来，也许是比高傲还复杂的一种心理。照我想，也许是真像厨子（哪怕是名厨），天天看见油锅油勺，就腻了。除非自己逼不得已而下厨房，大概再不愿意去接触这些家伙，甚而不愿意见一些使他可以联想到这些家伙的物什。职业的辛酸，有时也是外人不晓得的。唐代的阎立本不是不愿意自己的儿子再做画师吗？以教书为生活的人，往往看见别人也在声嘶力竭地讲授，就会想到自己，于是觉得"惨不忍闻"。做文章更是一桩呕心血的事，成功失败都要有一番产痛，大概因此之故不忍读他人的作品了。

撇开这些不说，站在一个纯粹读者的角度而论，却委实有好书不多的实感。分量多的书，糟粕也就多。读读杜甫的选集十分快意，虽然有些佳作也许漏过了选者的眼光。读全集怎么样？叫人头痛的作品依然不少。据说有把全集背诵一字不遗的人，我想这种人是缺乏美感，就只是为了训练记忆。顶讨厌的集子更无过于陆放翁，分量那么大，而佳作却真寥若晨星。反过来，《古诗十九首》、郭璞游仙诗十四首却不能不叫人公认为是人类的珍珠宝石。钱锺书的小说里曾说到一个产量大的作家，在房屋恐慌中，忽然得到一个新居，满心高兴。谁知一打听，才知道是由于自己的著作汗牛充栋的结果，把自己原来的房子压塌，而一直落在地狱里了。这话诚然有点刻薄，但也许对于像陆放翁那样不知趣的笨伯有一点点儿益处。

古往今来的好书，假若让我挑选，举不出十部。而且因为年龄环境的不同，也不免随时有些更易。单就目前论，我想是：《柏拉图对话录》《论语》《史记》《世说新语》《水浒传》《庄子》《韩非子》，如此而已。其他的书名，我就有些踌躇了。或者有人问：你自己的著作可不可以列上？我很悲哀，我只有毫不踌躇地放弃附骥之想了。一个人有勇气（无论是糊涂或欺骗）是可爱的，可惜我不能像上海某名画家，出了一套世界名画选集，却只有第一本，那就是他自己的"杰作"！

学问与趣味

前辈的学者常以学问的趣味来启迪后生，因为他们自己实在是得到了学问的趣味，故不惜现身说法，诱导后生学，使他们在愉快的心情之下走进学问的大门。例如，梁任公先生就说过："我是个主张趣味主义的人，倘若用化学化分'梁启超'这件东西，把里头所含一种名叫'趣味'的元素抽出来，只怕所剩下的仅有个零了。"任公先生注重趣味，学问甚是渊博，而并不存有任何外在的动机，只是"无所为而为"，故能有他那样的成就。一个人在学问上果能感觉到趣味，有时真会像是着了魔一般，真能废寝忘食，真能不知老之将至，苦苦钻研，锲而不舍，在学问上焉能不有收获？不过我尝想，以任公先生而论，他后期的著述，如历史研究法、先秦政治思想史，以及有关墨子、佛学、陶渊明的作品，都可说是他的一点"趣味"在驱使着他，可是他在年轻的时候，从师受业，诵读典籍，那时节也全然是趣味吗？作八股文、作试帖诗，莫非也是趣味吗？我想未必。大概趣味云云，是指年长之后自动做学问之时而言，在年轻时候为学问打根底之际恐怕不能过分重视趣味。学问没有根底，趣味也很难滋生。任公先生的学问之所以那样地博大精深，涉笔成趣，左右逢源，不能不说一大部分得力于他的学问根底之打得坚固。

我曾见许多年轻的朋友，聪明用功，成绩优异，而语文程度不足以达意，甚至写一封信亦难得通顺，问其故则曰其兴趣不在语文方面。又有一些朋友，执笔为文，斐然可诵，而视数理科目如仇雠，勉强才能及格，问其故则亦曰其兴趣不在数理方面，而且他们觉得某些科目没有趣味，便撇在一旁视如敝屣，怡然自得，振振有词，面无愧色，好像这就是发扬趣味主义。殊不知天下没有什么有趣味的学问，端视吾人如何发掘其趣味，如果在良师指导之下按部就班地循序而进，一步一步地发现新天地，当然乐在其中，如果浅尝辄止，甚至躐等躁进，当然味同嚼蜡，自讨没趣。一个有中上天资的人，对于普通的基本的文理科目，都同样地有学习的能力，绝不会本能地长于此而拙于彼。只有懒惰与任性，才能使一个人自甘暴弃地在"趣味"的掩护之下败退。

由小学到中学，所修习的无非是一些普通的基本知识。就是大学四年，所授课业也还是相当粗浅的学识。世人常称大学为"最高学府"，这名称易滋误解，好像过此以上即无学问可言。大学的研究所才是初步研究学问的所在，在这里做学问也只能算是粗涉藩篱，注重的是研究学问的方法与实习。学无止境，一生的时间都嫌太短，所以古人皓首穷经，头发白了还是在继续研究，不过在这样的研究中确是有浓厚的趣味。

在初学的阶段，由小学至大学，我们与其倡言趣味，不如偏重纪律。一个合理编列的课程表，犹如一个营养均衡的食谱，里面各个项目都是有益而必需的，不可偏废，不可再有选择。所谓选修科目也只是在某一项目范围内略有拣选余地而已。一个受过良好教育的人，犹如一个科班出身的戏剧演员，在坐科的时候他是要服从严格纪律的，唱工、做工、武把子都要认真学习，各种角色的戏都要完全谙通，学成之后才能各按其趣味而单独发展其所长。学问要有根底，根底要打得平正坚实，以后永远受用。初学阶段的科目之最重要的莫过于语文、外国文与数学。语文是阅读达意的工具，国文不通便很难表达自己，外国文不通便很难吸取外来的新知。数学是思想条理之最好的训练。其他科目也是各有各的用处，其重要性很难强分轩轾。例如，体育从另一方面看也是重要得无以加复。总之，我们在求学时代，应该暂且把趣味放在一边，耐着性子接受教育的纪律，把自己锻炼成坚实的材料。学问的趣味，留在将来慢慢享受一点也不迟。

日　记

日记有两种。

一种是专为自己看的。每日三省吾身，太麻烦，晚上睡前抽空反省一次就足够了，想想自己这一天做了些什么事，不必等到清夜再来扪心。如果有一善可举，即不妨泚笔记在日记上；如果自己有一些什么失检之处，不管是大德逾闲或小德出入，甚至是绝对不可告人之事，亦不妨坦白自承。这比天主教堂的"告解"还方便，比法律上的"自承犯罪"还更可取。就一般人而论，人对自己总喜欢隐恶扬善，不大肯揭自己的疮疤，但是也有人喜欢透露自己的一些以肉麻为有趣的丑事，非暴露一下心不得安。最安全的办法就是写在日记上。有人怕日记被人偷看，把日记珍藏起来，锁在抽屉里。世界上就有一种人偏爱偷看人家的日记。有一种日记本别出心裁，上下封面可以勾连起来上锁。其实这也是自欺欺人之事，设有人连日记本带锁一起挟以俱去，又当如何？天下没有秘密可以珍藏，白纸黑字，大概早晚总有被人察觉的可能。所以凡是为自己看的日记而真能吐露心声、袒露原形者并不多见。

另一种日记是专为写给别人看的。这种日记写得工整，态度不免矜持，偶然也记私人琐事，也写读书心得，大体上却是做时事的记录，成为社会史的一个局部的缩影。写这种日记的人须有丰富的生活、广阔的交游，才能有值得一记的资料登上日记。我认识一位海外学人，他的日记放在案头供人阅览，打开一看好多页都近于空白，只写着"午后饮咖啡一杯"，像是在写流水账，而又出纳甚吝。我又有一位同事，年纪不小，酷嗜象棋，能不用棋盘和高手过招，如有得意之局必定在晚上"复盘"登记在十行纸簿的日记上，什么"马二进三""车一进五"的，写得整整齐齐，置在案头供人阅览。同嗜的人并不多，有兴趣看而又能看得懂的人更少，只要肯表示一下惊讶赞叹之意，日记的主人便心满意足了。至于处心积虑地逐日写日记，准备藏之名山传诸后世，那就算是一种著述了。

以我所知的几部著名的中外日记，英国十七世纪的佩皮斯（Pepys）的日记为最有趣的之一。他两度为英国的海军大臣，乃政坛显要，被誉为英国海军之父，但是使他在历史上成大名的却是他的一部日记。他从一六六〇年一月一日起，到一六六九年五月三十一日止，这九年多的时期内，他每日必写，从无间断，写的是当时的大事，如查尔斯二世如何自法归来实行复辟、疫疬流行的惨状、伦敦的大火、对荷兰的战争等。对于戏剧及其他娱乐节目也不放过。最令人惊异的是，他写他自己的行为，如何殴打他的妻子、勾引他的女仆，如何在外拈花惹草、一夜风流，如何在他妻子为他理发时发现了二十只虱子，如何在教堂讲道时定着眼睛看女人，如何与人幽会一再被妻子捉到而悔过讨饶……都有生动的记述。这九年多的日记累积有三千零十二页之多，分装为六大册。内中许多事情不便公开，又有些私事怕家人偷看，他采用"古希腊罗马速记术"。死后捐赠给他的母校剑桥的图书馆，在那里庋藏了一百多年，蛛网尘封，无人过问，最后才被人发现予以翻译付梓。

与佩皮斯同时，也以一部日记而闻名的是约翰·伊夫林（John Evelyn）。他也是宫廷人物，但未任高职。他的日记从一六四一年起，当时他二十一岁，直到一七〇六年死前二十四天止，可以说是他的毕生行谊的记录。他是知识分子，所记内容当然有异于佩皮斯的。

我们中国文人也有不少写日记而成绩可观的，但是大部分近似读书札记，较少叙事抒情，文学史一向不把日记作者列为值得一提的人物。例如，李慈铭的《越缦堂日记》六十四册，自咸丰三年至光绪十五年凡三十六年，几乎逐日有记，很少间断，洋洋大观，很值得一读，但我相信肯看的人不多。

胡适先生有一部日记，从他在北大执教时起一直到他晚年，其规模之大、内容之富可能超过以往任何作者。我在上海无意中看到过他的一部分日记，用毛笔写在新月稿纸上，相当工整，其最大特色为对于时事（包括社会新闻）特为注意，经常剪贴报纸，也许是因此之故，他的日记不久就裒然成帙。他的私人生活也记得很细，甚至和友人饮宴同席的人名都记载下来。他说："我这部日记是我留给我两个儿子的唯一的一部遗产。"因为他知道这部日记牵涉的人太多，只有在他去世若干年后才好发表。隔好多年有一次我问他："先生的日记是否一直继续在写？"他说："到美国后，纸笔都没有以前那样方便，改用墨水笔和洋纸本子了，可是没有间断，不过没有从前那样详尽了。"他的日记何时才能印行，不得而知，我只盼望有朝一日可以问世，最好是完整地照相制版，不加删改，不易一字。

　　抗战八年，我想必有不少人亲身经历过一些可歌可泣之事。可惜的是，很少有资格的人留下一部完整的日记。《传记文学》刊载的何成浚先生的《战争日记》是很难得的一部价值甚高的作品，内容详尽，而且文字也很简练。所记载的是他个人接触到的一些军政情况与人物，当然未能涵盖其他社会与文化方面的动态。假如有文人或学者在八年抗战中留有完整的日记，我相信其可读性必定很高。日记只要忠实、细致就好，忸忸怩怩的文艺腔是绝对不需要的。人称抗战时期是一个"大时代"，其实没有一个时代不大，不过比较的，有些时代好像是特别热闹而已。承平时期也未尝没有可记之事。写日记不难，难在持之以恒。

作文的三个阶段

我们初学为文，一看题目，便觉一片空虚，搔首踟蹰，不知如何落笔。无论是以"人生于世……"来开始，或以"时代的巨轮……"来开始，都感觉文思枯涩难以为继，即或搜索枯肠，敷衍成篇，自己也觉得内容贫乏索然寡味。胡适之先生告诉过我们："有什么话，说什么话；话怎么说，就怎么说。"我们心中不免暗忖：本来无话可说，要我说些什么？有人认为这是腹笥太俭之过，疗治之方是多读书。"读万卷书，行万里路"，固然可以充实学问增广见闻，主要的还是有赖于思想的启发，否则纵然腹笥便便，搜章摘句，也不过是饾饤之学，不见得就能做到"文如春华，思若涌泉"的地步。想象不充，联想不快，分析不精，辞藻不富，这是造成文思不畅的主要原因。

度过枯涩的阶段，便又是一种境界。提起笔来，有个"我"在，"纵横正有凌云笔，俯仰随人亦可怜"。对于什么都有意见，而且触类旁通，波澜壮阔，有时一事未竟而枝节横生，有时逸出题外而莫知所届，有时旁征博引而轻重倒置，有时作翻案文章，有时竟至"骂题"，洋洋洒洒，拉拉杂杂，往好听里说是班固所谓的"下笔不能自休"。也许有人喜欢这种"长江大河一泻千里"式的文章，觉得里面有一股豪放恣肆的气魄。不过就作文的艺术而论，似乎尚大有改进的余地。

作文知道割爱，才是进入第三个阶段的征象。须知敝帚究竟不值珍视。不成熟的思想、不稳妥的意见、不切题的材料、不扼要的描写、不恰当的词字，统统要大刀阔斧地加以削删。芟除枝蔓之后，文章才能显着整洁而有精神，清楚而有姿态，简单而有力量。所谓"绚烂之极趋于平淡"，就是这种境界。

文章的好坏，与长短无关。文章要讲究气势的宽阔、意思的深入，与长短并无关系。长短要求其适度，性质需要长篇大论者不宜过于简略；性质需要简单明了者不宜过于累赘，如是而已。所以文章之过长过短，不以字数计，应以其内容之需要为准。常听见人说，近代人的生活忙碌，时间特别宝贵，对于文学作品都喜欢短篇小说、独幕剧之类，也许有人是这样的。不过我们都知道，长篇小说还是有更多的人看的；多幕剧也有更多的观众。人很少忙得不能欣赏长篇作品，倒是冗长无谓的文字，哪怕只是一两页，恹恹无生气，也令人难以卒读。

文章的好坏与写作的快慢无关。顷刻之间成数千言，未必斐然可诵；吟得一个字拈断数根须，亦未必字字珠玑。我们欣赏的是成品，不是过程。袁虎倚马草露布，"手不辍笔，俄得七纸"，固然资为美谈，究非常人规范。文不加点的人，也许是早有腹稿。

我们为文还是应该刻意求工，千锤百炼，虽不必"掷地作金石声"，总要尽力洗除一切肤泛猥杂的毛病。

文章的好坏与年龄无关。姜越老越辣，但"辣手著文章"的人并不一定即是耆耉。头脑的成熟、艺术的造诣，与年龄时常不成正比。不过就一个人的发展过程而言，总要经过上面所说的三个阶段。

听戏、看戏、读戏

我小时候喜欢听戏，在北平都说听戏，不说看戏。真正内行的听众，他不挑拣座位，在池子里能有个地方就行，"吃柱子"也无所谓，在边厢暗处找个座位就可以，沏一壶茶，眯着眼，歪歪斜斜地缩在那里——听戏。实际上他听的不是戏，是某一个演员的唱。戏的主要部分是歌唱。听到一句回肠荡气的唱腔，如同搔着痒处一般，他会猛不丁地带头喊一声"好！"；若是听到不合规矩荒腔走板的调子，他也会毫不留情地送上一个倒彩。真是曲有误，周郎顾。

我没有那份素养，当然不足以语此，但是我在听戏之中却是得到了一种精神上的满足。我自己虽不会唱，顶多是哼两声，但是却常被那节奏与韵味所陶醉。凡是爱听戏的人都有此经验。戏剧之所以能掌握住大众的兴趣，即以此故，戏的情节没有太大的关系，纵然有迷信的成分或是不大近情近理，都没有关系，反正是那百十来出的戏，听也听熟了，要注意的是演员之各有千秋的唱功。甚至演员的扮相也不重要，如德珺如的小生，那张驴脸实在令人不敢承教，但是他唱起来硬是清脆可听。至于演员的身段、化妆、行头，以及台上的切末道具，更是次焉者也。

因为戏的重点在唱，而唱功优秀的演员不易得，且其唱功一旦登峰造极，厥后在剧界即有难以为继之叹，一切艺术皆是如此。自民初以后，戏剧一直在走下坡。其式微之另一个原因是观众的素质与品味变了。戏剧的盛衰，很大部分取决于观众，此乃供求之关系，势所必至。而观众受社会环境变迁之影响，其素质与品味又不得不变。新文化运动以来，论者对于戏剧常有微词，或指脸谱为野蛮的遗留，或谓剧情不外奖善惩恶之滥调，或曰男扮女角为不自然，或诋剧词之常有鄙陋不通之处……诸如此类，皆不无见地，然实未搔着痒处。也有人倡为改良之议，诸如修改剧本、润色戏词、改善背景、增加慢幕、遮隔文武场面等，均属可行，然亦未触及基本问题之所在。我们的戏属于歌剧类型，其灵魂在唱歌。这样的戏被这样的观众所长期地欣赏，已成为我们的传统文化的一个项目。是传统，即不可轻言更张。振衰起敝之道在于有效地培养演员，旧的科班制度虽非尽善，有许多地方值得保存。俗语说："三年出一个状元，三十年不见得能出一个好演员。"人才难得，半由天赋，半由苦功。培养演员，固然不易，培养观众其事尤难，观众的品味受多方的影响，控制甚难。大势所趋，歌剧的前途未可乐观。

戏还是要看的，不一定都要闭着眼睛听。不过我们的戏剧的特点之一是所有动作多以象征为原则，不走写实的路子。因为戏剧受舞台构造的限制，三面都是观众，无幕无景，地点可以随时变，所以不便写实。说它是原始趣味也可，说它具有象征艺术的趣味亦可。这种作风怕是要保留下去的。记得尚小云有一回演《天河配》，在出浴一场中，这位高头大马的演员穿着紧身的粉红色卫生衣裤真个地挥动纱带做出水芙蓉状！有人为之骇然，也有人为之鼓掌叫绝。我觉得这是旧剧的堕落。

话剧是由外国引进来的东西。旧剧即使不堕落，话剧的兴起，其势也是不可遏的。话剧的组成要件是动作与对白，和歌剧大异其趣。从文明新戏起到晚近的话剧运动，好像尚未达到成熟的阶段。其间有很长一段是模仿外国作品，也模仿易卜生，也模仿奥尼尔，似是无可讳言。话剧虽然不唱，演员的对白却不是简单事，如何咬字吐音，使字字句句送到全场观众的耳边，需要研究苦练，同时也需要天赋。话剧常常是由学校领头演出，中外皆然，当然学校戏剧也常有非常出色的成绩，不过戏剧演出必须职业化，然后才能期望有较高的艺术水准。

话剧的主流是写实的，可以说是真正的"人生的模拟"。故导演的手法、背景的安排、灯光的变化、服装的设计，无一不重要，所以制造戏剧的效果，使观众从舞台上的表演中体会出一段有意义的人生。戏剧不可过分迎合观众趣味，否则其娱乐性可能过分增高，而其艺术性相应地减少。

在现代商业化的社会里，话剧的发展是艰苦的。且以英国著名演员劳伦斯·奥利弗爵士为例，他的表演艺术在如今是登峰造极的一个。他说："我现在拍电影，人们总是在报上批评我。'为什么拍这些垃圾？'我告诉你什么原因：找钱送三个孩子上学，养家，为他们将来有好日子……"奥利弗既如此，其他演员无论矣。我们此时此地倡导话剧，首要之因是由政府建立现代化的剧院，不妨是小剧院，免费供应演出场地，或酌量少收费用，同时鼓励成立"定期换演剧目的剧团"，使演剧成为职业化，对于演员则大幅提高其报酬，使不至于旁骛。

戏本是为演的，不是为看的。所以剧本一向是剧团的财产之一部，并不要发表出来以供众览。科班里教戏是靠口授，而且是授以"单词"，不肯整出地传授，所拥有的全剧抄本世袭珍藏唯恐走漏。从前外国的剧团也是一样，并不把剧本当作文学作品看待。把戏剧作品当作文学的一部分，是比较晚近的事。

读剧本，与看舞台上演，其感受大不相同。舞台上演，不过是两三小时的工夫，其间动作语言曾不少停，观众直接立即获得印象。有许多问题来不及思考，有许多词句来不及品赏。读剧本则可从容玩味，发现许多问题与意义。看好的剧本在舞台上做有效的表演，那才是最理想的事。戏剧本来是以演员为主要支柱，但是没有好的剧本则表演亦无所附丽。剧本的写作是创造，演员的艺术是再创造。

戏剧被利用为宣传工具，自古已然。可以宣传宗教意识，可以宣传道德信条，驯至晚近可以宣传种种的政治与社会思想。不过戏剧之为戏剧，自有其本身的文艺价值。易卜生写《玩偶之家》，被妇女运动家视为最有力的一个宣传，但是据易卜生自己说，他根本没有想到过妇女运动。戏剧作家，和其他作家一样，需要自由创作的环境。戏剧的演出，像其他艺术活动一样，我们也应该给予最大的宽容。

散文的朗诵

我们中国的文字，因为是单音，有一种特别优异的功能，几个字适当地连缀起来，可以获致巧妙的声韵音节的效果。单就这一点而论，西方文字，无论是讲究音量的或重音的，都不能和我们的文字比。

《诗经·关雎·序》："吟咏性情"，疏："动声曰吟，长言曰咏。"诗不仅供阅读，还要发出声音来吟，而且要拉长了声音来咏，这样才能陶冶性情。吟咏也就是朗诵。

诗歌朗诵有不可言传的妙趣。好多年前我到美国科罗拉多去念书，当地有一位热爱中国的老太太，招待我们几个中国学生先到她的家里落脚。晚饭过后闲坐聊天，老太太开口了："我好久没有听到中国人念诗了，我真喜欢听那种抑扬顿挫的声调。今晚你们哪一位读一首诗给我听？"她不懂中国语文，可是她很诚恳，情不可却，大家推选我表演。我一时无奈，吟了贺知章的《回乡偶书》："少小离家老大回，乡音无改鬓毛衰。儿童相见不相识，笑问客从何处来。"她听了微笑摇头说:"不对,不对,这不是中国式的吟诗。"我当时就明白了,她是要我摇头晃脑,拉长了某几个字的尾音,时而"龙吟方泽,虎啸山丘",时而"余音绕梁,不绝如缕",总之是要靠声音的高下疾徐表达出一种意境。我于是按照我们传统的吟诗方式,并且稍微加以夸大,把这首诗再度朗诵了一遍。老太太鼓掌不已,心领神会,好像得到很大满足的样子。我问她要不要解释一下诗中的含义,她说:"没关系,解释一下也好,不过我欣赏的是其中音乐的部分。"

英文诗的朗诵,情形不同。一九二五年我在波士顿听过一次美国诗人弗罗斯特朗诵他自己的诗。入场券五元,会场可容二三百人,听众只有二三十人,多半是上了年纪的人。在冷冷清清的气氛中,弗罗斯特在台上出现了。他生于一八七四年,这时候该是五十左右,但是头上一团蓬松的头发已经斑白了。他穿着礼服,向众一鞠躬,举起他的诗集开始朗诵。他的声音是沙哑的,声调是平平的,和平常说话的腔调没有两样,时而慢吞吞的,时而较为急促,但总是不离正常的语调。他读了六七首最传诵一时的诗,包括《赤杨》《雪夜林边小驻》《补墙》等。观众也有人点名一两首要他朗诵,他也照办。历时一小时余。我想其他当代诗人,即使不同作风的如林赛德,如桑德堡,若是朗诵他们的诗篇,情形大概也差不太多。至少我知道,莎士比亚的戏剧在台上演出时,即使是诗意很浓的独白,读起来还是和平常说话一般,并不像我们的文明戏或后来初期话剧演员之怪声怪气。

以上谈的是诗的朗诵。散文也可以朗诵吗?为什么不?事实上我们的散文一直是被朗诵着的。记得小时候，老师教我们读《古文观止》，选中一篇古文之后并不立刻开讲，而是先行朗诵一遍。我的中学老师当中有两位特别长于此道，一位是徐镜澄先生，一位是陈敬侯先生，前者江北人，后者天津人，前者朗诵咬牙切齿，声震屋瓦，后者朗诵轻描淡写，如行云流水。但是两位都能朗诵出文章的韵味。我们细心聆听，在理解文章的内容之前，已经相当体会到文章的美妙。老师讲解之后，立即要我们朗诵，于是全班高唱，如鼎沸，如蛙鸣，如鸟喧，如蝉噪。下课后我们还要在自修时低声诵读若干遍，因为下次上课还要默写。

大概文章不经朗诵，难以牢记在心。像贾谊的《过秦论》，从一开端"秦孝公……有席卷天下，包举宇内，囊括四海之意，并吞八荒之心"起，波澜壮阔地推论下去，直到最后"一夫作难而七庙隳，身死人手，为天下笑者，何也？仁义不施而攻守之势异也"。真是痛快淋漓、大气磅礴，小时候背诵，到老不忘。而且古今之文，熟读之后，我们写作文虽不必套用它的笔调，但其起承转合的章法、据辞摛藻的功夫，是永远值得我们参考的。

诗讲究平仄，到了沈约写《四声谱》的时候而格外明朗起来。文学和音乐本来有密切关系，《诗经》很大部分是被诸管弦的，《乐府》更不必说。诗而讲究四声八病，那就是表示诗与音乐要渐渐分家了，诗要在文字本身上寻求音乐之美。而文字之音乐成分不外音韵与四声。散文不押韵，但是平仄还是不能完全不顾的，虽然没有一定的律则可循。精致的散文永远是读起来铿锵有致。赋，介于诗与散文之间的一个型类，是我们中国文学所特有的一项成就。晋孙绰作《游天台山赋》时，很是得意，对他的朋友说："卿试掷地，当作金石声。"这个比喻很妙。文字而可以"作金石声"，其精美挺拔可以想见。我很喜欢研读庾子山的《哀江南赋》，每朗诵到"孙策以天下为三分，众才一旅，项籍用江东之子弟，人惟八千，遂乃分裂山河，宰割天下，岂有百万义师，一朝卷甲，芟夷斩伐，如草木焉"，不禁为其激昂慷慨之文笔，引发无穷之感叹。"词虽骈偶，而格取浑成"，不仅是后来的"骈四俪六，锦心绣口"。

古文八大家，没有一篇精心杰构不是可以朗朗上口的。大抵好的文章，必定简练，字斟句酌！期于至当。《朱子语类》提起欧阳修的《醉翁亭记》就是一例，说："顷有人买得他《醉翁亭》记稿，初说滁州四面有山，凡数十字，末后改定，只曰：'环滁皆山也'五字而已。"这五个字朗诵起来多么响亮简洁！《朱子语类》又说："向尝闻东坡作韩文公庙碑，一日，思得颇久，忽得两句云：'匹夫而为百世师，一言而为天下法'，遂扫将去。"这两句确是笔力万钧，诵将下去，有奔涛澎湃之势。散文不要排偶，然有时也自然地有骈俪的句子，不必有一定的格律；有平仄的谐调和声韵的配合。使用文字到了纯熟的化境，诗与散文很难清楚地划分界限。我们朗诵古文有时也就和朗诵诗歌的腔调颇为近似。

白话文可以朗诵吗？这是个问题。

很多人一直相信，白话文就是"以手写我口"，口里怎么说，笔下就怎么写。很多人也确实这样做，写出的文字和口说的话并无二致，避免用典，少用成语，不求排偶，不顾平仄，清清楚楚，明明白白。当然，说话也是颇有艺术的，有人说话有条有理，用字准确，也有人说话杂乱无章，滥用字词。所以白话文也有不同的成色，或简洁明了，或冗劣啰唆。不过其既为白话文，则其特点是尽量明白清楚地表达作者的情思。白话散文既然是这样地明白清楚，一泻无遗，还有加以朗诵的必要吗？听人朗诵韩愈的《祭十二郎文》，几曾听过人朗诵朱自清的《背影》？

但是古文散文既可朗诵，白话文似也无妨朗诵。且举《水浒传》第二十二回武松打虎一段：

> 武松提了哨棒，大着步，自过景阳冈来。约行了四五里路，来到冈子下，……放翻身体，却待要睡，只见发起一阵狂风。那一阵风过去了，只听得乱树背后"扑"的一声响，跳出一只吊睛白额大虫来。……那大虫又饥又渴，把两只爪在地下略按一按，和身往上一扑，从半空里蹿将下来。武松被那一惊，酒都做冷汗出了。说时迟，那时快，武松见大虫扑来，只一闪，闪在大虫背后。那大虫背后看人最难，便把前爪搭在地下，把腰胯一掀，掀将起来。武松只一闪，闪在一边。大虫见掀他不着，吼一声，却似半天里起个霹雳，震得那山冈也动，把铁棒也似的虎尾倒竖起来，只一剪，武松却又闪在一边。……

这一段十分精彩，大家都读过，但是有谁朗诵过？我相信，若是朗诵，其趣味当不在听山东大汉说"快书"之下。精致的小说文字，都可以朗诵。我们民间的说书，就很近于朗诵，不过不是很忠于原文。英国的狄更斯的小说很受大众欢迎，他不止一次远赴美洲旅游朗诵他小说中的精彩片段，风靡一时。他的朗诵，相当地戏剧化，但也有人对他做不利的批评。

自从新文学运动以来，我们的散文一部分可以说是一枝独秀，因为白话文运动本来是以散文为主。三十多年来，散文作者辈出，或善描述，或长抒情，或精讽刺，据我看往往都高出所谓"三十年代"的诸家之上。另一部分是因为现代作者对于当年所谓"文学革命"的浪潮已经渐少热心，转而对于文学传统有较多的认识，于是散文艺术更上层楼，趋于成熟的阶段。但究竟成熟到了什么程度也很难说。《联副》主编痖弦先生曾提议举办一次散文朗诵，实在是很有意义的一项活动，因为经过一番公开朗诵，不但可使我们领略许多作者的散文之不同的趣味，而且也许可以略观我们的现代散文是否可以上承文言文的传统，进而发展到一个辉煌灿烂的境界。

图书在版编目（CIP）数据

只生欢喜 / 梁实秋著 . -- 北京 : 现代出版社 ,
2021.1
ISBN 978-7-5143-8842-8

Ⅰ . ①只… Ⅱ . ①梁… Ⅲ . ①散文集—中国—现代
Ⅳ . ①I266
中国版本图书馆 CIP 数据核字 (2020) 第 163153 号

只生欢喜

作　　者：梁实秋
策　　划：王传丽
责任编辑：张　瑾　肖君澜
出版发行：现代出版社
通信地址：北京市安定门外安华里 504 号
邮政编码：100011
电　　话：010-64267325　64245264（传真）
网　　址：www.1980xd.com
电子邮箱：xiandai@vip.sina.com
印　　刷：三河市宏盛印务有限公司
开　　本：880mm×1230mm　1/32
印　　张：8.5
字　　数：175 千字
版　　次：2021 年 1 月第 1 版　　印　　次：2021 年 1 月第 1 次印刷
书　　号：ISBN 978-7-5143-8842-8
定　　价：45.00 元